情到深處

簡宛著

三民叢刊 91

三民書局印行

代序

簡宛

今年是離開故鄉二十五年的日子。

這本書，正好也是我的第二十五本作品問世。

我常常在想，如果不出國，留在家鄉，我的作品會不會這麼多？或者，我會不會仍然執著於寫作？

開始寫作，只是因為喜歡。

當時年幼的自己，善感、敏銳，筆，傳遞了我心中對人世間的感受和情懷。

離家之後，負笈他鄉，時時湧上心頭的鄉愁，不斷在生活中出現的衝擊，成了思想的中心。感謝手中這支筆，高興時寫，因為要分享給故鄉的親友。孤獨時也寫，因為要向親人傾訴。感恩或感傷時也寫，因為要他們分享我的情愛。在千里外的他鄉，經由手中的這支筆，已變成了我傳遞心聲的橋梁了。

總是有讀者給我信，告訴我他們從書中感到的共鳴，那使我覺得不曾離開家，不曾與親人、朋友，隔在千山之外。

是不是這一份深植心底的情，讓我在說英語的國家裡，生活中全是外語的書籍與報告中，仍然執著的握著手中的筆，一字一句的敍說著我的心情，我的懷念。

也許是喜歡吧！當然也是我與故鄉牽連的寄託，竟然不知不覺渡過了四分之一個世紀手不離筆的日子。

記得不久前，我的著作——《與自己共舞》出版時，曾經收到讀者來信——

「我已經默默地欣賞了你獨舞多年，多麼高興你分享了歡欣與快樂給我們，我也一起與你成長，請繼續快樂的歡舞……與我們分享。」

今春應密西根州中華婦女會之邀，去底特律演講，受到許多未曾謀面的讀者溫柔相待。她們對我作品如此熟悉，解除了初見面的陌生，更彷彿是多年老友、一見如故，談心談情，這些從文字中建立的感情，正是我海外生活最大的收穫。

我感謝這份從筆中傳遞的真摯情懷。

而這份情懷，不知不覺中，也堆積出了許多深情，情到深處都是愛的情誼。

有人說，寫散文的人，披露了太多真情，好像把讀者都請到家中喝茶、聊天，缺少距離，不若寫小說的人，只把讀者留在門外，讓他們若即若離，莫測高深。

我想人是不同的，因此風格各殊，散文或小說，各有握筆者不同的表達方式。對我而言，人世間可貴的，不是高處不勝寒的隔絕，而是活在人群中的溫暖。寫散文，給予我許多接近自己，也接近人性與人群的快樂。

這本書，能夠結集出版，要感謝三民書局對文學叢書的重視。也感謝琦君和韓秀兩位好友的促成。

今年初在回臺前，琦君女士一再囑咐要我去拜訪三民書局的董事長劉振強先生，而韓秀在我回臺期間，專程從高雄趕到臺北與我相聚，我們約會地點就在三民書局，也因此有機會參觀了三民書局的新面貌，以及三民的主人劉振強先生為文化事業所投入的心血。人性的可貴在於有真誠之心，世界的可愛，也因為有許多人的投入與耕耘。我有幸享受到了這些人性中的珍貴情誼。

收集在書中的文字，包括了我這些年來在海內外報章雜誌所發表的生活散文，有旅遊，有感想，也有讀書心得與觀念交換及隨筆。感謝三民書局的編輯用心編排，是他們使我這些作品有了新的面貌。謝謝他們認真求好的精神。

也希望這本書能串連出更多的人間情緣。

一九九四、夏、臺北旅次

情到深處

永遠的微笑
——回憶與友情

鄉下人進城
——異鄉與旅情

金色年代

附錄

溫柔的愛

——生活與人情

快樂那裡找？

曾經有位著名的經濟學者，用經濟的觀點來批判快樂的定義。他說：「金錢會使人快樂。」

誰也不否認，有錢是有許多方便，但是卻沒有人擔保，有錢人會比窮人快樂。

生活在物質文明的社會裡，金錢可以買到許多東西，從小孩子的糖果、玩具，到成人的汽車、遊艇……各種慾望的實現，幾乎沒有不能用錢去購得，唯有快樂，是無法用錢去換取的。雖然有不少現代人，在心情不好時，用買衣物、享受美食、或喝得酩酊大醉來忘卻苦惱，這樣，也確實有收到暫時快樂的功效，只是這種包著糖衣的快樂，當糖化了之後，留下來的是更多的辛澀和苦惱，不能面對生活的結果，只有使快樂越躲越遠，以致遍尋無著，再也找不到了。

有人說，不快樂的性格來自於童年的陰影及成年後的生活壓力，但是根據哥倫比亞大學心理學教授費曼博士的研究報告指出：「有不愉快童年或青少年的人，成長後仍可能是一個樂觀進取的人。」他並說：「兩者之間的不同，在於樂觀的人，不斷從肯定中證實自己的判斷；悲觀的人則不斷的從否定和消沈中退縮、隱沒。」

可見，一個人的快樂與否，是可以學習、改進的，若是他凡事挑剔、否定、批評、退縮，一切都不順心，不滿意，自然有許多不滿意的事橫在眼前，擋著快樂的來臨。若是他豁達、開朗、進取而積極，天下又有什麼大不了的事，可以使人放棄快樂的機會，而整日愁眉不展？

所以一個人的態度和行爲，事實上，也主宰了他快樂與否的機會。有一個明顯的例子，可以說明這兩種心態的不同反應：

把半杯水給兩個口乾的人——

樂觀的人說：「啊！眞好，謝謝你給我水喝，雖然只有半杯，但是你還爲我留著，眞感謝你這份心意。」

悲觀的人說：「怎麼只有半杯呢？哼！喝剩的才給我喝。」

一件事，兩種不同心態，當然也反映了兩種不同的人生觀，一個時時心懷感謝，容易滿足的人，不斷有快樂的事實使自己開朗、歡笑。一個不斷批評、挑剔的人，時時否定了可以感謝、欣賞生活的理由，又如何能眉開眼笑，快樂的生活呢！這和有錢沒錢一點關係也沒有，即使家產百萬，身懷巨款，若是時時懷疑、消極、否定生活，錢實在也幫不上什麼忙的。

但是，這種開朗、樂觀的態度，並非人人天生俱有。孩子小時，易哭、易怒、小題大作，因爲他們年幼而情緒化，但是當一年年的成長，一點一滴的體會生活之後，小小的心瓣長大、成熟，生活的閱歷和知識的累積也不斷拓展，這一份基石，使我們不斷的享受生活的光采和生命的圓熟。幼年時的無知，青少年時的心浮氣躁，都會在不斷的自我成長中消失，像通過了人生的瓶頸，人生的生活面整個的豁然開朗，視野也開闊了許多，人生又有什麼拋不開的煩惱呢？

是的，成長，當你體會到人生不只是三角、代數，不只是學位、愛情；更不只是金錢和地位，你的世界就寬闊了許多，你的快樂也就多了許多泉源。

所以，解鈴還需繫鈴人，你要追求快樂，絕不是到大街上、馬路上去到處亂找，你的快樂就在你的心裡，你的「心」，是一座無盡的珍貴寶藏，你越挖掘，你也就越富有，越快樂。

教育學家莫士洛（Abraham Maslow）早就研究出這點祕訣，他說人生有四個境界：求溫飽、求安全、求被愛、求自我發展及成就。溫飽、安全在現代社會中，已不是問題。愛與成長才是人類追求的最高境界，要有人愛，當然得先愛人如己，要有成就，不自我成長，如何能把自己的潛能發展，讓自己的心靈充實開闊？

自我成長，並不需要用學位、文憑來肯定，自我成就也無需高官厚爵來封銜。一個時時充滿好奇、求知的心，不斷的吸收學習，自然滿足了日新月異不斷成長的心靈要求。不再空虛、無著，進而能把所學所知表現於生活中的萬事應對，社區中的參與和反哺回報，都是一種心滿意足的發展。若是把自己拘束在小小的角落，怨天尤人，又如何能讓開闊的心靈得以伸展成熟？

有許多東西，擁有它，會給你興奮和狂喜，像新車、遊艇、物質的滿足等等，但是擁有了它之後，那份新奇和興奮會在日積月累的習慣中消失。只有快樂，那個捉不著也摸不到的東西，只要肯定了它的存在，把它溶入心裡，它就與你同在，並且讓你周圍的人也分享了這份情懷。

這眞是一份奇妙的感受。

朋友們，何妨試試，您會喜歡的。

但是在擁有這份感受之前，您得先拋開批評、挑剔、自我否定的限制，讓身心在求知、求新中，不斷學習成長，也不斷的讓快樂滋長。

一九八四、四、一、《世界日報》

朋友

朋友，使我們的日子亮麗。

也是朋友，使我們的人生豐滿圓熟。

我相信沒有一個人能活在世界上而不需要友情的滋潤和依恃的。

教育心理學家很早就發現，嬰兒若在無愛的環境中生長，很快就會夭折，像許多死於集中營的孩子，卽是很好的「缺愛」證明。

老人學家最近也提出報告，許多在養老院中的孤寂老人，也因缺乏愛，缺少人間的關懷溫情，而萎縮、死亡。

有許多人一生中可以過著沒有愛情、沒有伴侶的生活，卻很少人能離開朋友而活得開朗正常。

友情之異於愛情，大概也就在於友情是一種淳然、芬芳的感受，它不若愛情濃烈，也沒有愛情的如膠似漆。

只聽說過有褪色的愛情，卻沒聽過有變色的友情。

中國人的哲言：「君子之交淡如水」，正好道出了這份細水長流的情懷。

交友之道也就在於這份經由時間、空間而存在著的人間關懷和人性眞情。

有的朋友，口蜜如糖，他捧你、誇你，但是轉過身，他也忘了自己說過的甜言蜜語。

有的朋友，口拙心實，他不會說討人歡心的話，也不會給人戴高帽子，但是，你有需要時，他總是在那裡給你精神支持，與你分享喜怒哀樂。

在講究開放溝通的社會，能把心中的感受說出來，是促進情感交流的要素，但是有口無心，有失誠懇，有心無口，有時難免失去與人深交的機會，然而與其虛禮應對，我寧可擇取細水長流，畢竟友情是人生的收穫，要慢慢品嘗享受的。

「友直、友諒、友多聞」是我常向孩子們提起的老話。若是待友以眞心誠意，獲得的才是一份值得珍惜的眞摯友誼。

西方文化中，固然有許多足以讓我們學習借鏡的地方，但是在學習、觀察中，我們也不必完全丢棄自己的特性、良善，而全盤西化。

樹要生根才能長得茂盛，

人也要交往才能了解、深知。

相識滿天下，朋友無幾人的情懷，是一個寂寞的人生。與其把自己眞心封鎖，虛禮敷衍，何不眞心誠意的結交朋友！如果要用應付、僞裝維持的友誼，又有何珍惜之價值？當然也稱不上是「朋友」了。

「秉燭夜遊」或「促膝談心」的情景，是人生的佳境，也是忙碌的現代生活中精神的依恃。

一九八四、六、十三、《世界日報》

生活哲思

哲學（philosophy），原文來自希臘，意指愛智慧、愛思考之涵意。我們譯之爲哲學，亦含有聰明、智慧之意。

生活在現代社會，五花八門，包羅萬象，除了要應付生活中的許多瑣事外，一點自我的想法與對生活的思考都是不可免的要務，我稱之爲生活的哲思。聰明若是天生而來，智慧則必須由不斷省思中獲得。生活的哲思，正是我們從生活中擷取智慧的哲學思考。

就以生活中的廣告爲例，每天打開報紙，眞正的消息夾在廣告之中，有時還要費心找尋，而廣告多半誘人耳目，引人入勝。曾有人戲言：「現代人看報紙不是看新聞，而是看廣告」，雖未必確實，卻也不乏有此專看廣告的讀者，因爲減價、賤買等等商業訊息，經由大衆傳播，正好擊中愛貪便宜的人性弱點。有時稍不用心，不加思考，就會拎回一大堆不合用、不必用的商品，過後又成了堆積的垃圾。電視上有關減肥特效藥、化妝品、投資發財等等廣告，每幾分鐘就出現一次，充滿了笑臉迷人的攻勢。這些是眞是假的笑臉，全賴自己去判斷取捨。

生活中，人云亦云的傳言，也散佈在許多角落，一些小道消息，一點花邊新聞，對於酒醉飯飽的交際場合，好像也增加了一些不傷大雅的熱鬧氣氛。然而，人若是到了必須以別人的生活、背後的議論來點綴生活空間，來當著話題，實在也很可悲。

喜歡在背後說長道短，也許是人類的通病，中外皆然，尤其在多元化、自由民主的社會中，各種言論皆能自由發揮，也因此，現代人，更需要有自己取捨的智慧。別人有說的自由，我們自己也要有不接受的智慧，爲了免受干擾與污染，一點生活的哲思，一些自我的想法，都有助於面對譁眾取寵或危言聳聽的小言小語時，自己能有自我的看法，而不被牽著鼻子隨波逐流，人云亦云。

文字的力量也是不可忽視，中國一向有文章千古事，那能胡言亂語而遺臭千年？執筆者理應有一份自尊自愛的敬業精神。但是以金錢掛帥的社會，錢，是一切驅使動力，有人寫書立傳，甚至出賣醜聞，全是爲了金錢之故。利字當頭，是非善惡全都不顧，更談不到人間溫情與人類尊嚴。中國人一向尊崇的溫厚之心，在國外的暢銷書排行榜上，很少出現，倒是名人的醜聞時有上榜機會。

平日習慣思考，有自己生活的哲思，會幫助自己活出自我的風格，流行不是壞事，通俗文化也有其存在價值。但是，若人人隨著流行走，大家都追求通俗，那一點點人與人之間的不同，那每人心中都有的一絲哲思理念，久而久之就會埋沒流失。在大千世界中，能保留一點思考的空間，才不會在人海中隨波逐流而致沈落沒滅的危機。也可以免於失去自我的迷茫。

生活在今日變化神速之世界，如何保持開朗平靜的心情？生活哲思，有一點自我的想法看法，是免於煩惱的祕訣，願在此與朋友共勉。

一九九一、十一、十八、《中央日報》

選擇的自由

週末，朋友請我們到他們家烤肉，在夏天，我最喜歡這種戶外活動，三五好友，坐在屋外，一邊聊天，一邊烤肉，主人不會太忙於燒菜烹調，客人們也可以自在隨便的談笑，在忙碌的日子中，是很好的調適。

飯後，我們沿著湖邊漫步，朋友的家正好高居於湖濱，那小小的湖，成了他們的後院，我們漫步湖邊，手上拿著麵包、餅乾，準備去餵食鴨群。

夏天的日長，七、八點鐘，太陽才漸漸西沈，淡淡的晚霞映在水面，照射著悠遊的鴨群，我們駐足其間，欣賞著這一幅寧靜的黃昏景色，眞是心曠神怡。只見到一群群小鴨，由母鴨帶領著，昂首漫遊，我們把手中的麵包屑丟下，一群小鴨就圍攏過來，牠們不慌不忙的伸長了嘴，啄食浮在水面的麵包，令我驚奇的是，牠們毫不爭先恐後，水面上浮著許多麵包屑、餅乾末，還有其他小孩子餵食的零食，牠們只選取自己愛吃的，吃罷又悠遊而去。

我站在岸邊，停止了餵食，靜靜地欣賞著由鴨媽媽，或鵝媽媽帶領著的，一群群小鴨鵝，像一個個甜蜜的家庭一樣，享受著天倫之樂。

記得小時候，我們家也養著許多鴨鵝，由於家裡開工廠，製造麵條與米粉供應零售商，家中總有許多米糠與麵屑，那時的鴨鵝總是吃得「肚大脖粗」，簡直臃腫不堪，印象中，總清晰的記著這種塡鴨式的塞食，鴨子鵝群，每天毫不選擇，也不節制的吃食，吃得超過了自己身體所需，吃得消化不良，當然也懶得到水中去覓食，去捉小魚果腹。

看著水中的鵝群小鴨們，牠們彷彿比我小時候看到的鵝鴨們進步多了，既不搶食也不亂吃，完全是一副有教養有主張的樣子，牠們顯然更能享受水中世界的樂趣，也更能滿足自己覓食的抉擇。

朋友是學動物學的，他說鴨鵝的行爲其實和人類很相似，我把觀察所得告訴他，他聽後大笑——

「牠們吃飽了當然不搶，牠們有足夠的食物，因此就有選擇。」

連鴨鵝也隨著時代而進步了。

以前家中養的鴨鵝，常常吃得脖子歪成一邊，爲的是怕下一頓沒東西吃吧！有選擇當然比一成不變強多了，誰願意爭食逞能，隨時都張牙舞爪的準備挑戰呢？看那水中悠遊的鵝群，多麼自在！多麼逍遙。

環境對一切的影響實在很大，有所選擇，當然就多了許多可能的機遇。我想悠閒與競爭之間，任人選擇，這是很好的現象，但是在此之前，總得先具備判斷的能力，免得吃壞了肚子，這是淺顯的道理。

有選擇確實比一成不變好多了。

連鵝鴨都明白這個道理。

天下許多事，其實不必強求，何況，有時強求也求不來的，重要的是，自己要先明白自己需要的是什麼？

一九九二、四、《新亞時報》

親密的愛人

琳達最近找到事，當她興高采烈的告訴丈夫時，沒想到竟然遭到暴跳如雷的反應：「我又不是養不起妳，爲什麼要出去做事？我回到家找不到你怎麼辦？」

這反應實在出乎琳達的意料之外，當初爲了遷就丈夫的工作，婚後辭去工作，從外地搬來與丈夫同住，等一切安頓好之後，當然立即採取行動，何況又沒有孩子的牽掛，也不想再做學生讀學位。做事賺錢，不是合情合理？

當她哭喪著臉，向我訴苦時，我想起了熱戀中的男女，或新婚中的夫妻，那如膠似漆，如影隨形的親密狀況，不正是琳達和她丈夫的寫照？

傳統的「男主外、女主內」常常影響著現代的婚姻，雖然時代不同，經濟結構有異，但是封建古老的思想仍然左右著一些人的思路，「外面的世界那麼亂，我才不要我的太太在外拋頭露面。」

我們對幸福的婚姻都有一副根深柢固的景象，工作一天，回到家裡，有溫柔的妻子、做好了晚餐、笑臉相迎，拋開了工作的壓力，享受家庭的溫暖。這一副幸福的藍圖，確實是許多人對婚姻的憧憬。

但是時代不同了，親密的關係，已經不能只用形影不離來涵蓋，因爲身體上的如影隨形，並不意味著心靈上的相互投合。一個整天在外忙碌工作的丈夫，如果妻子只守著小小的家，洗手做羹湯之外，沒有其他的嗜好，也不明白外界大環境中的日新月異，兩人心靈上的距離，又如何能尺量斗衡？

難分難捨確實是親密關係中必然的現象。誰不想與自己相愛的人朝夕相守？尤其在熱戀或蜜月中的愛侶，深怕須臾分離，這種相依相恃的關係就會消失。

這使我想起了小孩子在成長中，依賴母親的情懷。孩子在幼小時，喜歡牽扯著母親，但是逐漸地，當他確定母親的存在之後，就會想到處亂跑，滿足自己發現世界的好奇心，只要媽媽在身旁，就有了安全感。但是及長，到了青少年之後，不再依賴父母而要充分的自主自由，當他們有了自己的獨立思想與人格時，父母再要牽扯、控制他們，只有徒然增加兩代的距離，也影響了一個成熟的人格發展。

在親密關係中，常常聽到妻子依賴丈夫或不放心丈夫的情況，像一位媽媽管束小孩一樣，「不讓丈夫做這」、「不讓丈夫做那」，同樣情況，丈夫也「不准太太單獨開車」、「不放心妻子夜晚出門」、「不讓妻子上班」，太多的例子，都是愛的表現，也是愛到極端，走到令人窒息的狹巷。

愛與分離，很難相提並論，但事實上確是有如雙生兄弟，相輔相成。在婚姻生活中扮演著情緒的主導。婚姻生活中，有完整的人格，有相互的尊重，才能產生自在與自如，有了這份自在與自如，在親密的關係中，才會更加深入，而不再是「我爲你放棄我的嗜好」、「你爲我放棄你的工作」。爲來爲去，到頭來，存在心底的將是一筆抹不去的遺憾或積怨。

親密的愛人，不只是一個耀眼的字眼，也不是一種形體的親近而已，它應該包含著心靈的親密與包容。

隨著時代的變遷，我們對於親密的關係該有更深一層的詮釋，也是成熟的現代夫妻應有的共識。

一九九二、春、《世界日報》

才氣與福氣

有位文藝界的前輩，從臺灣來美國遊歷，到舍下小住，我們談及了許多以前頗有文名的作家近況，他很感嘆的說：

「有許多人都不寫了，有些文友是安享晚年，含飴弄孫，其樂融融。倒是以前那些才華出眾的作家，晚年並不幸福。」他說完了又嘆一口氣：「也許才氣和福氣是相悖的罷！」我聽了黯然許久。

才氣與福氣眞是水火不容的嗎？

才氣與福氣本來都是很抽象的名詞，什麼是才氣？會寫詩，會塡詞，會吹簫，會畫畫，固然是古人所說的才華，但是會持家，會處人，會自得其樂……是否也是才華之一？也許才氣與福氣之分具體而言，也可說是聰明和智慧的差別。聰明人不見得都有智慧，有智慧的人，未必聰明絕頂。一個成功的人，也許有超人的聰明，卻未必有快樂豁達的智慧，因爲那需要從生活的經驗中才能結晶出來的獲得。

我們往往喜歡誇讚一個在文學或藝術上有特出表現的人爲有才華的人，被誇者若因此懷才自恃，沾沾自喜，而不食人間烟火，不肖世俗禮儀，日久難免離群索居，孤芳自賞。一個寫作者，若因此而遠離了生活，或憤世嫉俗，或躲在象牙塔內編織美夢，再高的才華，也有枯萎早逝的下場。因爲文學，是遠離不了生活的，如何把才氣，或聰明，提煉成福氣或智慧，都是需要生活的經歷和人生的體驗，當然，更重要的是自己不斷的探討和激勵。

當今之世，在美國這樣的社會，我們不難看到成功型的聰明人物，在各行各業中，鋒芒畢露而才華出色。尤其女權運動之後所培養出來的新女性，其才幹，能力，眞不比男人差，在智力上，尤有勝於男人者。但是，我也看到更多不快樂的面孔，更多挫折後的崩潰，因之而帶來的個人、家庭、婚姻的不圓滿，而這個不圓滿嚴重的影響了社會的協調和下一代的教養。這是爲什麼呢？難道聰明人多了，反而問題也多了？

我總覺得西方的教育著重太多聰明才智的訓練和表現，缺少了智慧的薰陶和培養。在個人色彩濃厚的美國，聰明才智之士，代表成功的因子，至於成功之外的生活，生活之外的寧靜快樂，卻是在學校課本範圍之外。可惜，已經沒有人有耐性慢慢去找尋。

話題扯遠了，其實才氣和福氣是可以並存的，只是才氣和福氣之間，需要智慧的抉擇，而這智慧卻需要從生活中，自我的追求中去獲得的。

一九八一、四、一、《世界日報》、《中華日報》

才氣與傻氣

凡是人，多多少少有些傻氣，我這樣說，一定會遭到反對，你自己傻氣，別人未必和你一樣糊塗。不過，如果換一種方式說，每個人都會爲了自己喜歡做的事，廢寢忘食，到了忘我無我的境界，許多人都會承認，確實有那麼「執著」的時刻。

有些人才氣橫溢，從小就表現不凡，那是天之驕子，令人羡慕。但是大多數的人，並沒有這麼幸運，只是知道有些事做起來樂此不疲，有些事卻缺乏興趣。

興趣的培養，多少和自己的性情有關。如果才氣是與生俱來，可遇不可求的天賦，興趣就是自己的性向趨勢，由自己的選擇而來，因爲是自己的選擇、自己的喜好，有時就一往直前，不知疲倦。

這使我想起了清朝彭端淑在《白鶴堂集》中提到的兩個和尚的故事。這兩個和尚，一個富，一個窮，窮和尚對富和尚說：「我想去南海。」富和尚說：「我幾年來要僱船去，還辦不到呢！你又憑什麼去？」

過了一年，窮和尚從南海回來，告訴富和尚，富和尚很慚愧，四川距離南海有幾千里路呢，你憑什麼去成了？窮和尚說：「我一個水瓶、一個飯缽就夠了。」

對於窮和尚而言，到南海是他的心願，他自己的選擇，爲了達到心中的願望，一路爬山涉水，不辭辛苦化緣到南海，而富和尚卻做不到，因爲他只是想去，卻沒有那個「傻勁」去實行，這個「傻勁」，也正是每個人心中都有的一份動力，一個驅使自己一路往前樂在其中的興趣。

在人生的許多行業中，許多人與窮和尚一樣，除了一個水瓶一個飯缽外，就是那股不畏困難的傻勁。年輕的可愛在於那不知天高地厚的單純與執著，太計較得失，太看重成敗，有時就在猶豫不決，錙銖必較中，失去方向。興趣的執著，有時不是有明顯的收支標準可量。

從事文學創作的領域中，像窮和尚一樣，一隻筆幾張稿紙，一路努力執著的人，也一樣有其寬廣的天空，不論是否很快能抵達「南海」，重要的是在那走向南海的途中，追求的是自己的心願，自己的選擇。

年輕的朋友來信談及寫作種種，有才氣的人，加上努力，成了佼佼者，沒有才氣，憑著努力，也一樣能抵達目的地，重要的是能在自己所選擇的行業中，得到樂趣。

中國古訓，有許多擇善固執的堅持與努力，現代人看來，有如愚公移山一樣的傻氣。在凡事講求快速，追求立竿見影的社會，確實不合時宜。

然而，不合時宜是否一定錯誤？有時因人而異。才氣是天生的，興趣是自己培養的，現代社會的好處是，骨董與時尚，任人選擇，有選擇的人生，才會快樂。

一九九一、九、二十六、《世界日報》

人性的需求

有時候我常想，什麼都不知道也許是一種快樂。

嬰兒的哭和笑，都是一種本能的反射，他們吃飽了，睡足了，就快樂，反之則哇哇大哭，表示他們的不滿。

孩子們的需求也很單純，一顆糖，一件玩具，就是上了學，也只是期望學校多放幾天假，考試成績好些，如此而已。但是隨著年歲的增長，所期待、所追求的方向更多更廣，因此隨之而來的，就是困擾和煩惱，也許人類之異於禽獸者，也就在於除了溫飽外，還有更多的目標去追求，去努力。

根據教育心理學家 Maslow 的理論，人類的基本需求可分四個階段，這四個階段的層次是溫飽的需求，安全的需求，愛和關心的需求，以及最高境界的成就及自我潛能的發揮及滿足。

嬰兒的哭笑，來自於溫飽或飢餓，是屬於最原始、最根本的人性需求，但是人不可能停留於嬰兒期，隨著年歲的增長，人類的心智拓廣，人性的需求也隨著增加。

常常有人跟我說：「奇怪，到了美國，生活安定，豐衣足食，可是心情上總是不開朗，不舒暢。」我完全了解這種心境，尤其是生活在丈夫和孩子之間的家庭主婦，不僅有許多人才高八斗無以爲用，而且她的愛和關心，也僅止於丈夫、孩子之愛，而無進一步推廣到「幼吾幼以及人之幼，老吾老以及人之老」的緣故。

就是因爲我們無法停留在嬰兒期，所以我們無法只滿足於一種溫飽、安定的生活，因爲我們需要愛——被愛和愛人，關心別人，也得到別人的關懷。

愛丈夫，愛兒女，愛親人朋友，是人性中最眞純的愛，中國人講求的五倫綱紀，更把這種人性的眞情至愛發揮到了最高境界。但是愛，不應只限於這小小的圈子裡。愛是一種深遠博大的情懷，它和物質世界中的金錢價值不一樣。金錢付出之後就會遞減，越用越少，愛則是越給越多，越付出越富有。

有人不懂爲什麼天下有那麼多熱心人士，爲船民、爲難胞張羅衣食、安排生活及求職，而不求取任何報酬？

也有人不了解，爲什麼有義務活動，公益事件時，中國家長反應最冷淡，參與最不熱烈？是否因爲我們向來遵守的是「自掃門前雪，不管他人瓦上霜」的道德訓練使然？中國人自稱爲最優秀的民族，中國的孩子在學校中也大都是品學兼優的好學生，但是這些人的聲音爲什麼那麼低弱微小？

生活在現代，人與人之間的關係密切，競爭也激烈。要閉關自守是絕不可能的，衝突、競爭並不足懼，怕的是把自己自限於一個狹小的圈子中鑽牛角尖而鬱鬱不樂。

事實上，能爲別人，爲社區盡一分力，也是一種自我的期許。根據 Maslow 的人性需求，也正是一種愛的推廣及成就。

無知是一種快樂，像嬰兒般的餓了吃，困了睡，但是這種快樂是短暫而淺顯的。幸好，人性中的需求不止停於這個階段，否則我們豈不還生活在石器時代而無法體會更深一層的快樂？

一九八一、十一、二十一、《國語日報》

年齡的波浪

——活得長・活得好

最近看了一本由德啓華博士(Dr. Dychtwald)所寫的《年齡波》(*Age Wave*)，提到未來的世界潮流將因老年人口的增加，人類壽命延長之後，許多的價值觀念、生活態度，甚至社會步調、政府決策等等，都有所改變。雖然他特別強調的是美國社會，有些地方，倒也是世界性的可能現象。

由於科學與醫藥的發達，無可置疑的，人類的壽命將相對延長，以前「人生七十古來稀」，現在七十歲的人，仍是健步如飛，正是享受忙碌一生之後的自由自在。如果自己不去調整腳步，接受許多新的看法與觀念，恐怕到時候會手足無措，受不了因年齡增長，所帶來的衝擊。

德啓華博士提到未來可能的潮流，有幾種現象——

一、愛的方式將改變——婚姻的生活也有不同的面貌，因爲長壽，有人也許七十歲之後又談一次戀愛。

二、家庭結構改變——以父母兒女爲主的小家庭制度可能被以友情爲主的團聚取代。由於不生育及同居者的盛行，成人的社會也許更著重於志同道合，不分年齡的相聚同住爲主。

三、以年輕人爲主的社會步調，將改變，因爲老年人口的增加，許多急促變化的節奏會因此減速。譬如紅綠燈的轉換時間不會那麼快速，雜誌、書籍的印刷會把字體加大等等。

四、一個人可能從不退休，或一輩子退休好幾次，因爲長壽之故，工作到四、五十歲，年資到了，又換另一種工作或轉換更適合自己的行業。也許到了三十歲以後，又回學校讀書，再學一行新專業更充分把潛能發揮。

五、代溝的產生，也許到了六十歲還存在，因爲每個年代有每個年代的權力鬥爭，觀念互恃，利害衝突等等，如果不能明白這種狀況，一定會被弄得團團轉而頹喪懊惱。

這些假設，當然都是作者個人的觀察所得，但也不是不可能，從許多的調查中，顯示了老年人口的增加，購買力與經濟基礎的雄厚，以往有關老年人的錯誤觀念，譬如：老而多病，老而遲鈍無用，甚至囉嗦愁煩等等，都將不攻自破，因爲越來越多的人，越來越重視自己的心理建設，對自己的年齡增加，不再感傷，而是信心、成熟、智慧的象徵。像蕭伯納、畢卡索、張大千、黃君璧等大師級之文學家、藝術家，他們的造詣成就，也都是到了晚年才更發揚光大。

在這本《年齡波》一書中，作者舉出了許多新的休閒活動，在美國日光帶各州，天氣溫暖，少有冰雪的侵襲，已成了退休後老年人的聚集之地，許多上了年紀的人，約好了朋友，遷居於此，成了自己的社區，打球之外，一切社區活動也積極參加了。也有人選擇了回校讀書，以學習技藝為生活中的最大樂趣。有些生意人，已經動了腦筋，開設二十四小時開放的健康中心，除了運動、韻律操之外，也定期量血壓、脈搏，注意健康檢查，但是不同於醫院的是，此健康中心是以休閒活動為主，健康的人，可以維持、保養，又可以享受活動的樂趣。健康欠佳的人，也可得到適當的保養與治療。

這本書的許多觀點，當然都是美國式的。我們文化中，一向對老者非常尊重，敬老尊賢的觀念，還存在於一般人心中。但是值得我們學習的是一份開放的心胸，老而固執，甚至故步自封，無疑放棄了自己享受生命的權利，把那多出來的生命，白白糟踏了。

學森林的人，看樹木以年輪為主，年輪代表著樹木的品質與堅靭。人的年齡，不也正是人生經歷的刻劃？年歲增長，正是人的內涵與智慧的結晶。能否善用這份歲月給予我們的資產，端看自己如何面對自己因年齡增長而做的調適而定。

世界潮流不斷推進，就像年齡也隨著歲月流動，一波波的浪潮，都有其必然的衝擊與沈澱的結晶，我們身處這個潮流中，又如何能安之若素，不警覺於這份波動？故步自封絕對無濟於事，最好的態度只有去瞭解、認識，先對將要面臨的局勢，有所認識。

沒有人能給人生一個完美的解答，「活得長、活得好」之道，必須靠自己從學習與成長中獲得。「年齡波」是一個新的挑戰，從閱讀這本書中，使我更加添了一向的理念——一個人的態度，是決定自己長青或衰老的關鍵所在，唯有從自己不斷的成長中，才能保持與世界潮流的接觸，也因此保持對人間的關懷與愛情，心中有愛，自然青春永駐。

一九九二、三、二十八～四、三、《長青雜誌》

眼鏡

天下事其實很公平，年輕時以眼力二十/二十傲視友輩的人，到了中年，也比一般人更早架起了眼鏡，原因無他，當年明察秋毫的千里眼，到了中年，沒有平衡作用；當近視的朋友經過幾十年的成長，眼睛膜內的水晶體有了平衡作用，到了中年可以取下眼鏡，讀報看書。我們這些千里眼，卻恨不得有千里手，否則要把書報放得幾尺外才看得清楚。

到香港買了一副新眼鏡，朋友看我臉上有了新裝備，很好奇的問：「是近視眼鏡？」

我看了她一眼，是透過鏡片，所以她看不到我的白眼。

「明知故問。」

「啊！老花。」她伸出手，「失敬！失敬！我們都是阿花族！老了的阿花。」

兩人相擁大笑。

老了的阿花並不習慣臉上架著一個眼鏡。喝湯時，霧氣濛濛；運動時，唯恐摔落，幾十年來，臉上清清爽爽，如今才明白那失去的無牽無掛。現在隨時取上取下，也隨時在和眼鏡捉迷藏。

最妙的一次是在煮咖啡，嫌眼鏡麻煩，順手取下，又順手放在咖啡櫃子裡，因爲怕被打破，於是從此隨著咖啡收入櫃子裡，全家人翻箱倒櫃幫忙找尋，直到下次煮咖啡時，才再出現。我卻怎麼也記不得何以如此糊塗？

最險的一次是去巴哈馬旅遊，上厠所時，順手取下放在衞生紙架上，一直到全車人要上車離去，才想起了我那被遺忘的眼鏡，趕快飛奔回去厠所找尋，害司機多等了十多分鐘，向同車人陪了好多「對不起」、「請原諒」的不是。否則豈不要再坐飛機飛回巴哈馬去找尋？

但是，更精彩的要數那輪胎下搶救的一次——

去年教育學院的卡特教授要訪臺，他約了我談一些有關臺灣成人教育發展的事宜。一早，我開了車去州立大學，車停好，卻遍尋不到眼鏡，心中十分驚奇。明明剛剛過紅綠燈時，還記得推了一下眼鏡，怎麼可能不翼而飛？爲了談事情，必須戴眼鏡才看得見公文以及文字報告，出門前還特別記得戴上眼鏡，然而，全車上下就是找不到眼鏡，匆忙中，只好又開車回家拿另一副眼鏡。

州立大學停車有一個特別規定，要經過一個門房，取得許可才能停在校內，等我匆匆趕回家，拿了備用的眼鏡，又趕到學校時，已是將近一小時的時間過去，車子開到門房時，減速慢行，赫然發現，那躺在地上的，正是我遍尋不著的寶貝眼鏡。

趕忙跳下車，搶救我的眼鏡；在近一小時的車來車往中，不知經過多少的車輪浩刼？而令我驚喜的是，除了一邊的鏡片破裂外，鏡框竟然完整無缺，我必須爲此「名牌」的鏡框，寫下讚美；一分錢一分貨，確實值得。

眼鏡怎麼會跳到車子外面？我百思不得其解，唯一令我起疑的是，我伸手在門房取停車證時，順手把眼鏡摘下，又順手把它滑落到車門外。

我們家近來的流行語，不是「你今天好不好？」而是：「媽媽的眼鏡在哪兒？」「快幫媽媽找眼鏡。」丈夫最近也猛誇我：「妳戴眼鏡很好看，應該常常掛在臉上。」我心裡當然明白，他們已厭倦了替我找眼鏡的騷擾，希望我能少找他們麻煩，乖乖地把眼鏡掛在臉上。

幸好，我也有自知之明，當歲月流轉，當「明眸皓齒」不再，卻有了視茫茫的感慨，必須要丟的是牽牽扯扯的無奈，和自怨自艾的心態。看樣子，和眼鏡還有很長的時間要相依爲命，怎能不學著去與之相處相伴？

只是不知除了眼鏡之外，下次又要加上什麼配件來穿戴。

一九九二、九、二十七、《世界日報》

溫柔的愛

對我而言，信仰是人類心中那份溫柔的愛。

不論佛教、基督教、回教或喇嘛教，雖然教義不同，運作方式有別，但是原始的基本精神，應該是以心中共同的愛與關懷爲主。只是，這份愛，到了狂熱癡迷之後，有時會演變成「我的愛才是眞愛，別人的愛是迷信；我的信仰才是崇高，別人的信仰卻不值一提。」若到此地步，則已遠離了愛的境界，而成了恨，並非我們所要討論的信仰。

我相信每個人心中都有所愛，愛人愛物，愛大千世界中的點點滴滴。信仰並非一定要皈依受洗，或頂禮膜拜，心中有愛的人，往往能專注於那一份自己所堅持、執著的愛，姑且不去談論什麼邏輯或大道理，這份專注，已近禪境，禪者，心單純也。人的一生，有一份專注，有一點執著，應該也是一種幸福感吧！

信佛的朋友，每日早起唸經打坐，信奉天主的教徒，每日禱告禮拜，而回教門徒，則一日朝拜多次……這些儀式，行之日久，雖難免成了形式，但是若能日日定時默禱，時時不忘潛心沈思，在這紛紛擾擾的世界中，又何嘗不是一種修鍊？古人有云：「靜、安、慮、得」，信仰給了人的若是這份深厚的定力，在修爲上應該也是人類精神領域的激勵和磨練。

這不免也使我想起藝術工作者或握筆的人，由於心中那份創作的熱愛，經由時日，歷久不衰，已經到了不能須臾分離的地步，這種熱誠，豈不像宗教一般虔誠？也正因爲心有所寄，篤篤定定的可以活在自己內心的世界裡，藉由筆尖，透露出內心創作的思潮。而這份思想的表達，不論是透過畫筆或文字，也像是一份心中的信仰一般，變成了生活中的依賴。

曾經讀過一篇由一位猶太教的少女所寫的短文，大意是說她在夏天參加一個夏令營，認識了許多男女朋友，大家相處與玩樂皆很融洽，直到有一天談到宗教，她說到自己的信仰，引起許多人的訝異，好像她不該是猶太人，更不該是信猶太教的人，因爲「妳和我們沒有兩樣啊！」作者感嘆之餘，說了一句語重心長的話：「人如果能互相尊重，互相瞭解，多好，若爲了信仰不同，而披掛上不同標幟，而互相卑視，那麼信仰反成了累贅。」

我想，不論是任何信仰，或任何文化，只要能存著愛心，不以自己的標準去批判對方，去攻擊或醜化異己，只用一份溫柔的情懷去欣賞，這世界將會因各人心中有不同的愛與信仰，而多采多姿。反之，則難免砲火四起，紛爭不斷了。

愛恨之間，只一線之隔，沒有愛的信仰不會帶來平安，這是不爭的事實。問題是即使這一點小小的情意與尊重，也需要人類自己不斷在日常生活中的演習，修鍊。教堂和廟宇，並不遠，他們就在人人的心裡。

一九九四、四、三、《世界日報》、《台灣新生報》轉載

情深義重

最近聽到兩件感人的故事，讓我忍不住想起了情深義重這四個字，在講求功利、追求實用的現代社會中，這份人間的至情至性，多少再次肯定了我對「人」的尊重與信念。

朋友的母親得了老人症已經二十多年了，爲了需人照顧，多年來一直住在老人院，但是他父親每天風雨無阻的去看望她，退休後更是每天從早上八點一直到晚上她就寢前才回家。二十多年來，母親的身體沒有惡化，但腦力越來越退化，根本認不出任何親人，連自己相愛情深的丈夫也無法辨認，去與不去對她都是一樣，但是對於曾經至愛情深、夫妻感情深厚的人，知道她活著，就不會感到寂寞。幾十年來，兩人一起相輔相成、相依爲命，無言中的情意。「她知道我去，有時也會笑笑，說一些話，畢竟爲我照顧這個家，教養孩子，我不能在她生病時就一腳踢開。」這位情深義重的丈夫，一再對人表示他對妻子的情愛。

另一個例子是一位朋友的妻子，二十多年前因車禍傷到腦部，從腰以下癱軟無力，不能行動。二十年來，他照顧坐在輪椅上的妻子。上班之餘，還掌理家事，週末並開車帶著妻子到處看看，從無抱怨之詞，逢人就說：是他妻子使他安定享受家居之樂。這些年來，他還抽空教她使用電腦，並利用科技的發達，克服身體上之殘障，由於受傷的只是腦部以下的四肢，因此使用電腦之後，她已能用電腦打字寫作，雖然只有一根手指頭靈活，她打出來的信件，卻不輸一般人。

美國是一個功利的社會，聽到太多因伴侶生病而分手的例子，中國也有「久病無孝子」的俗語，但是人性中那一份相互牽連的溫情，並不能完全以「得與失」、「取與給」的功利標準衡量。聽到太多冷酷的例子，不免令人對人性失去信心，這也使我提筆記下這兩則事實，再次肯定人類心靈深處永不熄滅的真純之愛。

一九九四、五、十一、《中華日報》

一切牽扯都是情

生活在以「丟」爲時尚的美國，若不學會「丟」的學問，眞有跟不上時代之嫌，不是嗎？紙杯紙盤可以丟，舊的、無用的東西也可以丟，本來嘛，東西失去了利用的價值，當然留著沒用又佔空間，……所謂「舊的不去，新的不來」，問題是，許多事，不是有用沒用的「經濟價值」而已，人類之異於其他動物者，也是因爲人，有人性，有人情，若事事講求利用價值，凡事先問有利無利，那麼人類的尊嚴又值幾文錢？

我自己是一個「不捨得丟東西」跟不上時代的人，尤其是朋友的信件、卡片、照片，一盒盒地收藏著，出國前的書信仍然留在娘家的閣樓。出國後，從一九六九年至今，仍然保存著，這次搬家，才造成了一個大問題，不僅抽屜中裝不下，整理起來，又勾引了許多回憶，花了一星期的時間，每天理書房，卻是越理越亂，因爲往往一理，就勾引起了回憶，可以坐在書房的地上，在一堆書信中，消磨一下午，而一事無成，所有的賀年片，朋友信件，甚至連早年的支票及做學生時的筆記等等，一一俱全。丟舊的衣服、用具甚至玩具，我比較有魄力，我知道送到紅十字會或教堂，都會有妥善處理，玩具孩子用過之後，有小姪兒、姪女以及朋友的孩子可以分享，只有朋友的信，最難割捨，每一封信都是一份情意，彷彿丟棄了，大有背叛朋友之嫌。

但是東西不丟，確實造成了不整齊的壓力，一切雜亂無章，皆是心理負擔的因素，找起東西來，費時費事，這幾年來，我也學著只留文情並茂的信，對於電話式的只是傳遞信息、問好、謝函之類的文件，已可以處理得果斷些，但是，惟獨早年的這些信件，因爲包涵了太多初次離家的鄉愁，朋友們在旅居他鄉時的文化衝擊，年少時的感時念國，理想抱負，在當年經濟不寬裕，電話不普及的年代，都由信件中留下了痕跡。

我最後仍是找了一隻厚實的盒子，把二十年來可貴的信件再裝入盒中，也許等那一個冬日的下午，坐在爐邊細讀回味，也許這輩子也可能不再去觸及，但是，那是友誼的珍藏，是千金不換的情感，我不僅珍惜在心，也珍藏那値得回味的記載。

是的，在國外生活了十七年，在美國日新月異的文化中，也學到了許多「丟」的學問，像人性上許多的缺點短處，我們也都在學習中，把自己的缺點像消極、悲觀、自私、懷疑等等否定的因子丟掉，丟棄自己的缺點後，我們也就越能豁然開朗，因爲我們學著面對自己，「丟」掉一些困擾自己的東西。但是，捨不得丟、也不能丟的就是「情感」，在講求功利、追求物質的社會中，金錢可以買到許多東西，唯獨買不到友情與眞愛。

有人可以瀟洒的公事公辦，也可以不帶一絲眷念的把親情友情丟置一旁，就像丟棄一雙穿舊的鞋子一樣，這點是我始終學不會，也不肯去學的。

丟，也是一門學問，收放之間，仍然要記住，我們是人，許多的價値觀念還是要以「人」爲本位而不是以「利」爲抉擇。

一九八六、十二、五、《世界日報》

永遠的微笑

——回憶與友情

舊時情

該怪自己是一個念舊的人。

抽屜中有老友的信件，閣樓上有早年讀書的筆記，書架上，甚至書桌上，隨時有朋友寄來的卡片、小玩意兒。它們點綴了我的生活，也時時讓我感到自己的「富足」。雖然這些收藏，沒有金錢上的實質價值，但是這種擁有的滿足，卻非金錢所能購得。

生活在以「丟棄」爲文化的美國，一切都以日新月異爲時尚。「舊的不去，新的不來」，許多老觀念，老習慣，都不適合於現代化的生活標準。在這點上，常常令我慚愧跟不上時代，這種牽牽扯扯，懷舊念古的情懷，完全是農業社會的人文包袱。只是，時尚並非適用於每一個人，每人心中，多少有一個角落，是存放著舊情、舊事的地方，也自有其安身立命的價值觀念。新的觀念，我能接受，但舊的價值觀念也有它的意義。就在這種新舊相容並存中，我常自圓其說，自找藉口；不捨得丟東西的人，都是惜緣重情的人。科技再發達，恐怕天性如此也難有所改變了。

小時候，喜歡收集火柴盒、花紙片、小石頭、破瓦片……凡是認為美的，都往抽屜中、口袋中放，也因為裝著這些「美麗」的收集，而使衣服口袋千瘡百洞。成長後，雖然不再有機會收集瓦片、石頭，但是嫁給了姓石的，家中大小石頭俱有，朋友笑稱，這輩子擺脫不了與石頭的緣份，乾脆稱寒舍為石家莊了。

因為喜歡古樸拙趣的東西，所以對陶器特別喜愛；多年前旅行歐洲時，別人到了威尼斯要帶回水晶紀念物，我卻獨鍾情於別具風味的小茶具。太精緻細巧的東西，我總覺離自己的生活太遠，這或許與性格有關，嬌柔做作的美，我一直無法接受，當然也不會去保存，所以家中收藏的都不是稀世之寶，卻是我衷心喜愛的寶貝。朋友知道我的嗜好，看到奇特新穎的杯子，也會為我送來，這份細緻的情意，更增加了一份收藏的意義。

除了茶具，小飾物也是我喜愛的寶物，其中尤以琦君女士的作品居多。琦君心巧手巧，文章寫得好，人人皆知，但是她的小玩意做得好，又有創意，卻只有受過她贈與的朋友才有福欣賞。她會在天涼時，給妳織一雙襪套，在學會一件小手藝時，寄一件她的成品與妳分享；也會在愛動物愛得深切時，編一個墊子，繡上小狗的眼睛、鼻子……。她在配色、針織上，都獨具慧心，而對朋友細緻的情意，眞正純眞的中國作風，充滿了古樸眞摯。如今我的收藏中，那些可愛的手工藝品，全是她的傑作。每次在觀賞之餘，想像著她一針針編織的情意，更加珍惜這些非金錢能購得的收集。

除了琦君女士的作品外，也有母親和妹妹們的傑作。母親一向善於縫紉，小時候的衣服皆出自母親裁製；也因爲母親做衣服做得好，我們姐妹中沒有一個人善於女紅，其中尤以我的手最笨拙。每次母親來美，縫縫補補，改短放長，全等她來了美國再說。母親也樂於代勞，並且笑我拿針線比荷鋤還重。那年她來美，除了做衣服外，還做了許多小象分贈朋友。小象是用兩個網球合起來，用毛線織成爲頭與身子，再加上長長的鼻子及兩個用扣子縫成的眼睛，眞是維妙維肖。母親越做越起勁，那年冬天，家中成了「小象樂園」。妹妹們每家都分到了。朋友們也得到贈送。事隔十多年，每次看著小象，就想起媽媽第一次來美時「做小象」的情景；如今玩小象的孩子已上了大學，歲月流逝，小象卻仍然鮮活的存在記憶裡。

還有一塊如今已破爛陳舊卻不捨丟棄的小地氈，那是十幾年前我們姐妹聚會時，大家的共同傑作。小地氈的圖案是一幅日出的畫，桔紅與淺黃的配色，我們一路旅行，一邊聊天、一邊和妹妹們各據一角，用鈎針勾成。那裡面有尼加拉瀑布的風光，有吵架爭論的熱切，有夜深人靜家人團聚的和諧；一幅圖勾成，包括了三千里路的旅程和歡笑，也編織了我們當年初離家園的情懷。我一直保存著那小地氈，因爲那樣的歲月，好像再也追不回來了。

世界上有許多事物是會因時因地而變遷的，像流行的衣服，像政治、經濟的變化。但是，也有許多價值觀念是永恆不變的，像人類的情意，像人與人之間相互依恃的關懷，這些人文的精神，都是人類可貴的品質。在舊有的、古老的生活中曾經閃亮珍貴，在現代的生活中，也有其溫馨、保存的價值。

舊時寶物，舊時情，這一切牽扯溫心的不捨得，也多少道出了我內心深處的情懷。當世界不斷向前推進時，當一切以丟棄爲推陳佈新的生活方式時，一些小小的收藏，一點私己的記憶，一份超然物外的價值觀念，都是生活在物慾爲主的社會中，不可缺少的精神依藉。畢竟生活中的美，見仁見智各有不同，並不需要牽強附會，隨波逐流的。

一九九一、春、《世界日報》、《中華日報》

童年往事有誰能忘

過年期間，回到了臺北。

雖然這幾年，年年回臺北，但在家過年的宿願，這次才眞正得償。海外多年，成家立業，不能說飄零，但海外過年的氣氛，硬是淡之又淡，每到農曆年，童年往事全上心頭，總難忘全家圍坐大圓桌的歡樂。雖然，在星移物換中，故鄉已不復當年稻田小溪，泥路木橋，但是童年往事，有誰能忘？

在與家人享受天倫之際，那蟄居心底的記憶，全來到了眼前。

把我們推回時光隧道的是小妹，她從旅居的瑞典回臺團聚，行裝甫定，穿上圍裙，翻箱倒篋，要找出她出國時沒帶走的照片，拭塵抹灰中，她打開那一本本相册：

「看，要感謝我替你們珍藏這一些童年的紀錄。」小妹好神氣：「這一切全是金錢買不到的珍貴回憶。」姑姑也展示珍藏，把我們小時候的照片全搬出來。一直坐在旁邊的母親，悶聲不響的上樓，抱下了一大堆相本，她把所有在國內外的兒女們，寄回的照片及她自己旅遊的紀錄，一張張整齊貼在相簿上，並且加上說明。

「好胖，好可愛，好……」姑姑和他們笑得東倒西歪時，我正和媽媽欣賞母親來美國時的照片，趕快圍過去看他們那手中的「笑點」是什麼？

原來是我十個月時的照片，圓睜著兩顆大眼睛，嘴巴圓圓地只剩一小點。另一張，雙手垂直，兩腳並攏，穿著姑姑手製的漂亮洋裝，一副乖寶寶的樣子，那時才五歲。

「還有這張，快看我們家的帥哥。」照片上是小弟光頭赤腳，穿著媽媽用麵粉口袋縫製的短褲，大弟歪著頭，閉著一隻眼睛（另一隻睜開），每個面孔皆有特殊表情，站成一排，在我們家號稱第一高樓的陽臺，拍下的合照。若不是當時社會普遍純樸，這些人早被星探發掘，成了具有表演天才的演員。

「大姐啊！眞是集全家寵愛於一身，可是，她從不恃寵而嬌。」妹妹在灌我迷湯。她小時候一頭卷髮，照片上總是嘟著嘴在哭，現在卻是一天到晚嘻嘻哈哈，樂天自在，當起基金會的主管還很有作爲呢！

「我最難忘的是過年，那時爸媽太忙，大姐總是在快過年時，拍拍手，走，我們去臺北買衣服，我們就跟著她團團轉。」

「還有這一張是在金山海水浴場，大姐連約會也帶著我們這些小跟班當電燈泡！」小妹說完又加了一句：「我們也是她的掩護武器呢！」

笑鬧聲中，眞是又回到了從前，在兄弟姐妹眾多的家庭，童年，包括了多少一起玩樂、笑鬧的回憶。當年，沒有電視、沒有電動玩具、沒有什麼人提倡休閒活動或兒童文學，除了與弟弟妹妹及友伴們，在田野間嬉戲外，就是晚飯後圍坐亭廊，聽父親說故事，或玩益智遊戲。爸爸最愛考我們：「樹上有十隻鳥，用槍打了一隻，還剩幾隻？」之類的問題，如果有人回答「九隻」，就註定被取笑好幾天，父親訓練我們的是思考的方法，他的幽默和智慧常常引來許多小朋友的熱烈期待。

童年中，最難忘的是磨米做年糕，每到年節，從泡米到用模子，一個個「紅龜糕」印上去，再欣賞那圖案。那時家中長輩和工人，會讓我玩那像「Play Dough」一樣的糯米團，我在手中，把它們塑成各種想像中的動物，或往嘴裡送。糯米的食物，一直是我的最愛。前些時，謝伯母還做了「草仔糕」、「蘿蔔糕」讓我解饞，更讓我好像又回到了童年受到長輩疼愛，嬌寵的甜蜜裡。反倒是回到了臺北，母親說，已經好多年不做年糕了，「買得到，而且比自己做好吃。」

童年已遠，而故鄉也不復當年小城，交通四通八達，已不若小時候要坐渡船或臺車才能進城。地攤夜市喧嘩聲中，兒時在野外採花嬉水的稻田和小溪全蓋成了大樓。然而那無拘無束，消遙自在的童年歲月，卻歷久彌新。那種不被期待做淑女或指望成大人物的自由自在，或坐在小板凳上看連環小書，或與弟弟妹妹海闊天空胡思亂想的編夢，多多少少孕育了我喜歡純樸自然的性格。

是否因爲我們對童年印象深刻，也因此童年種種牽引著我們的記憶？還是，正如心理學家所說，人的性格塑造於幼兒時期？

無論如何，童年往事，有誰能忘？

當人生的路程越走越長，生活的範圍越走越複雜時，我們眞正嚮往的，其實是那單純、天眞的童稚回憶，是否也因此，我們才那麼懷念童年？

一九九四、四、二十六、《世界日報》、《台灣新生報》轉載

母親的勇氣

「媽又入院了！」妹妹在越洋電話中說。

我的反射作用是，立卽飛回臺北守在媽媽身旁，但是，隨卽想到母親一向的明理與樂觀。

「不要緊的，我會好起來。」就像去年，她得悉發現癌症時的堅強。

去年聖誕節前，美國東北部異乎尋常的天寒地凍，而在這冰冷的冬天中，意外的傳來了母親得病的壞消息，一向健康又懂得保養的母親，說什麼也不該得癌症。

我們姐妹相繼飛回臺北探望，下了飛機，意外發現母親也來接機，雖然每次回臺，她老人家一定會來接我，但是她有病，怎麼可以出門？我忍不住怪她：「讓小弟一個人來接就好了，病倒了怎麼辦？」

她也仍然是一貫的輕柔回答：「閒著也是閒著，妳看我不是好好地嗎？坐車兜風看風景，還可以陪阿彥，有什麼不好？你看我像病人嗎？」

我仔細端詳母親，面色紅潤，雖已七十四歲，毫無老態，秀麗的面孔也沒有病容，機場風大，我趕緊把我的紅色風衣爲母親披上：「媽，眞像老黑貓（臺語美女之意）。」母親愛美，一向和我們笑鬧慣了，罵了我一聲「三八」，心情卻是愉悅的。病魔並沒有把她打垮。她喜歡穿著整齊，坐上車後，還對我說：「最近都瘦得沒合適的衣服穿，過兩天我們一起上街，我陪妳買衣服。」（事實上是，她要我陪她買衣服。）

母親不僅陪我上街採購，還與我們姐妹姑姑阿姨共遊臺東、花蓮。母親的堅強，顯示在她能面對事實的勇氣上，她不會唉聲嘆氣、愁苦滿面，反倒是感到生命的有限，要好好珍惜、把握。

回美後，常常與母親通電話，有一次，我在電話中聽到她聲音中氣十足，我說：「媽！妳的聲音好好聽。」「本來就好聽哦！」完全是肯定的口吻，連年輕時，習慣性的謙卑、推讓都沒有了。我喜歡這時的母親，忍不住又說：「你們一天到晚不在家，打電話都找不到人，又去哪玩了？」

「我身體好了就又去做義工了。」好像生病的是別人。

母親信佛，多年來她拜佛燒香，爲兒女親友祈福，初一十五吃素行善，佛家的慈悲，深深的影響著她的言行，母親受教育不多，但心中有她做人行事的原則，自從父親去世後這些年來，她除了喜歡旅行，到國外來看看我們外，每週做義工，到臺大與鐵路醫院摺紗布，已有十數年歷史；她也每年去慈幼院、養老院送紅包，親自把祝福送給孤獨的人。所以，當她發現自己有病時，她很鎭定，並且堅持不要藥物與照射治療，「我這一生很滿足，很快樂，」母親說：「我不要受那個罪，受拖磨。」也因此她還能到處走動。

小時候最愛坐在縫衣機旁，看母親做衣服，她一邊哼著兒歌，教我跟著唱，一邊把一件件衣服做好。母親的縫紉是無師自通，而且能創意巧思，把一件舊衣服改成新衣，把一條和服的帶子，做成小洋裝，在當年普遍樸素清寒的社會中，我們眾多的孩子，從沒少過吃穿，母親把我們姐妹裝扮得漂漂亮亮地。卽使上了中學，我的裙子也是一摺摺筆挺整齊，全是母親的傑作，她可以把父親上好料子的西裝褲，剪去磨破的上面，用褲腳管做成裙子，每思及此，總讓我感到溫暖無比。

母親的天性中，有許多活潑的性情，但是因爲傳統的自制，她一直安靜溫柔，只有在唱歌時，才流露些許。記得十多年前，我們剛搬到北卡時，母親來小住，我在家中請了許多友好歡聚，母親一時興起，教大家跳土風舞，一曲「梅花」與「高山青」大家跟著又唱又跳，至今難忘。

每當我和母親見面，就要哼一兩句兒時的童謠給母親聽，她總會故意取笑我：「妳啊，幾百年的『狗屎乾』都記得，這歌多久了啊！」笑罵聲中，母親是很開心的。

母親是一個保守的人，她自律甚嚴，但對兒女卻無爲而治，平時她不太當面誇獎，她的愛和信心卻時時包容著我們。

最難忘是母親第一次來美國看我們，那時我們在伊利諾大學做事，她從紐約轉機飛來伊州，卻遇上大霧，飛機無法降落，臨時換到六十哩外的另一機場，等我們得悉消息，又趕到另一機場時，母親已在那等了兩小時，只見她一個人獨坐偌大機場中，人生地不熟，又不諳英語，第一次來美國，下了飛機卻不見親人接機，我們雖託機場打了電話，但她根本聽不懂，心中該有多慌張，但她不慌不亂，我們跑過去時，她顯然非常高興，如逢救星：「我就知道你們一定會來接我。」信心使她無懼。

她對我們的信心，始終如此。

現代的女性，常常覺得我們的母親那一代埋沒了太多的才華，失去施展機會，但是用另一個角度來看，母親的價值，也在那奉獻中，穩固了家庭，培育了兒女。中國傳統中，對母親的尊重，即使皇上，也必須向母后叩頭。我不知道許多封號頭銜，是否能取代母親的地位，在我們七個孩子的心中，母親沒有頭銜、封號，但是我們想著母親時心中充滿暖意、親情，那不是任何有形的成就、功名可以取代的。

母親用她寬廣的愛孕育我們，包容我們；我不記得她教訓過我們什麼大道理，但是從她的言行中，我們感受到她的愛和勇氣。她面對事實，柔中堅定的人生態度，也使她逢凶化吉，活得硬朗。

一九九四、五、十二、《世界日報》、《台灣新生報》轉載

永遠的微笑

——一首老歌引起的回憶

在朋友家做客，飯後他說要唱一首老歌給我們聽，一聽之後，才覺曲調熟悉，小時候哼哼唱唱，從不知歌詞是什麼，如今看到字幕，原來是四十多年前就流行的「永遠的微笑」。

這首歌流行時，我還不會說國語，小時候總跟著大我四歲的姑姑唱歌，所有閩南語老歌，姑姑都愛唱，我也大致明白「日日春」、「雨夜花」、「白牡丹」之類是些什麼意思，但是因爲當時尙未上小學，所有的「國語歌」都是生吞活嚥，不管歌詞懂不懂，反正很好聽，學起來也不難；現在聽起來，不僅特別親切，而且勾引起了許多童年的回憶。

小時候社會普遍樸素，雖然不愁吃穿，但娛樂活動卻是奢侈享受，在連收音機都不普及的情況下，唱唱哼哼變成了自娛娛人的活動。

我是臺灣光復以後才上小學的，但是因爲老師也是大多現學現賣，晚上補習漢文，白天再來教我們，所以他們的國語也是一知半解，平時都是臺語交談。爸爸媽媽皆是受的日本教育，所以我們從學校學回來的國語，變成他們的老師。姑姑有外向的性格，她是國語發言人，我是她的小跟班，從小，爸爸就把要用「國語」處理的外務交代給我和姑姑，倒也養成了我們做事的能力。

家裡那時開工廠有不少工人，父親一向民主，工人的吃住都和我們一起。家中房子很大，從南部來的工人沒有地方住，我們家後院還隔出房間給他們安頓。那時吃飯都是好幾桌，工人吃完我們才吃，因爲爸爸說，勞動的人，肚子容易餓，要先給他們吃飯、休息。等到我們上桌，工人們已經回到後院宿舍，大唱其歌。有幾位工人的歌喉眞是不錯，所有的臺語歌像「媽媽請您保重」等，皆是那時學會的。現在只要我回到臺北，和弟弟妹妹們歡聚，總會唱這曲子給媽媽聽，也不忘回憶兒時一起唱歌的樂趣。

我會的第一首國語歌是「乞丐歌」。我本來不知是乞丐歌，和丈夫認識後，有一天，我突然哼起了這曲子，丈夫說：「咦！你怎麼會唱這歌？」

「小時候學的，覺得好好聽，可一點也不懂意思。」

「我唱這歌時，是在上海，你知道歌詞是什麼嗎？」

我搖搖頭，他唱給我聽——

「可憐兒，張阿大，從小失了爹和媽，先生啊，太太啊，——」

這兩個生在海峽兩岸的人，在臺灣相識，相愛而相守，人間的情緣是多麼的奇妙而值得珍惜啊！

在朋友家中聽了這首「永遠的微笑」之後，兩人常常不約而同的哼出同樣的歌。丈夫一向愛唱歌，他會不請自來的「獻唱」；我一向不愛在人多的地方獻醜，爲了藏拙，只有在家或開車時，獨自哼著——

「心上的人兒，有笑的臉龐，
她曾在深秋，給我春光，
心上的人兒，有多少寶藏，
她能在黑夜，給我太陽。
………」

唱著唱著，童年往事全回到眼前了。

唱歌，確實是最好學語言的方法，而且，從唱歌中，也得到藉歌抒懷的快樂。

我很感謝小時候有愛唱歌的姑姑教我唱許多歌，尤其是國語歌，使我的國語流利標準；

母親教我唱童謠與日語兒歌，也使我這沒有語言天才的人，除了閩南語、國語之外，也稍能聽懂日語。現在到了美國，又多了使用英語的機會，每天用英語閱讀辦事，但是絲毫不影響我母語的使用與程度；我的閩南語仍是字正腔圓，絕不是「吹牛」。

每當有人提出對學華語、上中文學校的疑問時，我總會把自己的經驗說出來分享。我最先會的母語是閩南語，然後是日語與國語、英語。中國人中，大部分的人會兩三種方言，歐洲的民族，會說三、四種語言的更是不乏其人，我們爲什麼不利用機會，好好發揮潛能，幫助孩子多具備語言能力？

在凡事講求功利與金錢的社會，學習語言是用金錢買不到的財富，必須由時間和耐心去培養。拋開了民族大義、文化傳薪的大道理不談，多一種語言能力，多開一扇窗子接近世界，實在沒有必要因一些個人因素及情結，而否定了華語教學的價值。

一九九三、七、十二、《世界日報》、《中華日報》轉載

忙中的情意

忙，已經與現代人的生活結了不解之緣。

好像人人都在忙著，若是不忙，倒是有點反常了。

生活中，有事忙，總比閒著無所事事好，忙，代表著一種進取、有勁的生活。但是，忙到六親不認，生活匆促，就有點像無頭蒼蠅，難免要跌得頭破血流了。古人造字，早有所見，「忙」字拆開，是「心」「亡」，也是值得我們警戒的了。

吾友凱倫，從非洲回來，她任職海外，但是每次回來，總不忘召集友好歡聚，即使只停留一兩天，仍然要享受「友情、親情的溫暖」，她說：「再忙，也有時間與朋友相聚，不然，忙忙碌碌一生，又有什麼意思？」

這次她回來，是華府方面考慮要把她升等並調職，但是仍忙中抽空，並召集了昔日同學，在她家中歡聚。這位當年上課時總愛把鞋子脫下，把腳翹到桌上，而引起我同她爭論多次的自由主義者，因爲我們兩人之間的不同觀念，而激勵了許多文化、價値觀念的「火花」卻也奠定了兩人之間深厚的友情。畢業後，她從事第三世界公共衞生及保健的教育工作，大半的時間，皆在非洲渡過。當我們住在有空氣調節的建築中，大談個人的信念與文化差異、價値觀念時，凱倫是在連飲水都要到三里外去提的小村莊中，教人如何消毒、育嬰以及避孕、認字的常識。她對著我們這些在各自生活中，忙得彼此無暇見面的朋友們說：「有人喜歡在象牙塔中談理想，我卻愛在泥土大地中討生活。」「忙，是我生活的寫照。但是，在非洲，我最受不了的不是忙，或生活落後，而是想念親友」，她對著我們，很不以爲然的訓著：「你們竟然可以住在同一城中，要等我回來才見面，這種忙得連朋友都不見面，又有什麼意思？」

我們被「罵」得啞口無言，只好面面相覷。柏西說：「我們眞是無可救藥，你就常常回來救救我們吧！」

但是，多麼久她才能回來一次，上次回來，是兩年前的感恩節，她還在與家人渡節之餘，想起了我的生日，巧心的安排了一個「意外驚喜的生日宴」，使我感動又感謝，也使久不相聚的同學老友們，渡過了一個難忘的夜晚。

有人的心思細緻，處處爲人設想，她讓人念著時，心中總是充滿了溫情暖意。

忙，眞的不是壞事，但是要忙得井然有序，而不是本末倒置。在忙碌的現代生活中，要時時與親人友好歡聚當然不可能，但是，卻也不必忙得無情無趣，不近人情。

生活其實是由我們自己安排抉擇的，忙中偸閒，享受一份忙中的情意，付出一份關懷的心情，都會使緊張的生活，增加許多涵意。

一九八六、十二、二十七、《世界日報》、《中華日報》轉載

雞年話雞

喩麗清把她剛寫好的柏克來隨筆〈人造雞〉，傳眞了一份給我先睹爲快，因爲引發她寫此文的正是我送她的一本畫册《世界雞種油畫集》所引起。欣賞了她那優美的文字，又深含哲理的散文之後，我的靈感也來了。

好像我與「雞」特別有緣，母親生肖屬雞，小時候家裡養雞，常看著母雞孵小雞，一坐好些日子的情景。天冷時小雞圍著母雞取暖或用燈泡照著的可愛樣子，我們就跟媽說自己是怕冷的小雞。好友麗清屬雞，每次看到雞就想到她。巧的是丈夫雖然學的是生物化學，卻在家禽系執教。其實剛開始時，他對雞的認識大概也和我差不多，只是用雞的模式，來處理他生物科技的研究，譬如動脈硬化與心臟病，或是羽毛回收與沼氣等等的研究，但是朋友問多了有關雞肉與雞蛋等等與人體及生活的問題，這幾年來他也走出科學的象牙塔，關心起民生問題，最重要的一點是家中宴客，切雞、剖雞等大任務，他一手包辦，因爲他最常被朋友問及的就是如何切雞最省事，爲此他必須稍加研究，我也很樂意的讓賢。因爲我最不忍的就是這份宰割。

以前剛參加家禽系時，每個月還有母雞會，打橋牌，但是有些母雞太聒噪，說話不停，有些又太嚴肅，打起牌來六親不認，爲此，只好停止舉辦。但是每年一次的年會與每四年一次的世界家禽大會，倒是舉辦有年，而且我們也盡可能恭逢其盛，尤其是世界家禽大會，我一定跟班去與這些雞友會面，爲的是會場都是選世界各地的名城，而且有許多特爲家眷舉辦的旅遊活動，除了遊覽，多少也增進了我們這些外行人，對科技的瞭解。

這次到荷蘭的阿姆斯特丹，就是世界家禽年會之便，趁此重遊歐洲。歐洲在養雞工業，首屈一指，我跟著參觀了他們的設備及研究發展，頗有劉佬佬進大觀園之嘆，特別是他們的待客之道，每到一處，皆有熱茶（或咖啡）點心，以及香檳招待，有一處還有樂隊表演，最後一天的惜別晚會，甚至包下一座大樓，食物從一樓排到三樓，大廳中有歌舞表演，每小時有不同的舞蹈歌唱娛樂大眾，最後的壓軸表演，竟然是粉妝玉琢，肌膚粉嫩的荷蘭美女載歌載舞，看得我流連忘返。和掛滿在大廳各處層層疊疊的鮮花相比，人比花嬌。鮮花與美女，都讓我難忘。

丈夫的朋友，都是科學界的學者，喜歡把他們的研究講給我聽，我總告訴他們，我對科學一竅不通，他們因此也用淺顯的話語耐心的「教育」我，這份耐心，來自於我每聽到他們的研究及成果，都是又讚嘆，又稱奇，又誇讚，又佩服。科學家的寂寞，在那高處不勝寒的孤單，越尖端的科技，越少共鳴。我雖不懂科學，但我衷心有一份敬仰與欣賞，爲著我們人類更好的明日，有多少科學家正埋首在小小的實驗室中？但是像我這種沒特殊訓練的人，很難把他們的研究成果寫下來與大眾分享，也許是缺少這份溝通的橋梁，一般人對科學的眞象，總有霧裡看花的迷茫，以至坊間許多「科學的傳說」，「吃什麼對什麼有益」「吃什麼可以減少什麼疾病」等等以訛傳訛的說詞滿天飛。也許在推廣科學教育的普及上，科學家們也應該多「分享」他們的成果給大家。

話說遠了，談到雞，我也前前後後參觀、學習了一些知識，但是印象最深刻的，還是家禽業者最引以自豪的一句話：「在五十年代，雞肉每磅六十九分美金，九十年代的雞肉價格，仍然如此，我們今天有如此低廉的雞肉供應，是誰的功勞？這正是科技發達，我們家禽業的專家及學者研究的成果。」

這句話，不會有人反對，因爲前幾天我還買到四十九分錢一磅的雞肉，這是不爭的事實。

許多既深又玄的道理，其實落實到生活中，不外是一份眞眞實實的日常生活，人能在不虞匱乏，不愁衣食中，才能自由自在。小時候，生病了才有雞湯喝，在普遍貧窮的社會中，營養豐富的雞肉，是富貴人家的專利。今天，已成了最價廉物美的食物，尤其在人人談「血管硬化」「過肥過重」的現代病例中，雞肉是最可安心享用的「奉獻」。

適逢雞年，感謝雞帶給我們很多「雞」會。也感謝雞友給予我的寫作靈感。在此也祝福大家，雞年行大運，願雞帶給大家更多「雞」（機）會，帶來更富足、安定的生活。

一九九三、二、八、《中央日報》

我們曾經走過的路

簡維理(Dr. Jane Vella)的書出版了，紅色的封面，精美的設計，這是她的第一本書，在成人教育中，深深影響著世界各地從事成人教育工作者的簡維理博士，快樂的把這個訊息分享，我知道，她期待這一天已久了。我們皆感到與有榮焉。

簡維理博士，是我在研究所的指導教授，這些年來，已成了我的良師益友。昨天，她把所有的朋友都請回來了，滿滿一屋子，有五、六十人吧！好像是在開同學會一般，我們當年一起上課的同學都聚集在她家裡，每人手捧著新書——《學習教、學習聽》(註)，圍在老師身邊，吱吱喳喳各自發表著高論，這情景，多麼像十多年前在課堂上的寫照！

那時我剛送小兒子上小學，又回研究所做學生，選的是維理教授的「國際發展教育討論」，雖是研究生的課，一班卻滿滿近二十人，這些人多多少少和國際發展有關，有人去過非洲，有人去過印度，大多是參加過和平工作隊（Peace Corp）回來的人，共同的特徵是思想開放自由，年紀也都比一般研究生大些，各人皆有一套看法和信念，而不斷強調的是——以「人」爲本位，尊重不同的文化背景，這也正是這門課的主題。

維理教書的方式是「對話式」，他深信成人的生活經驗與知識，足以應用在與教師的交流學習中，而由此得到啟示，所以活學活用，成了深受歡迎的學理，也因此上課總是唇槍舌戰，絕無冷場，事實證明，我們確實學到許多知識。像在玩腦筋急轉彎一般，時時有靈光一現的火花、沖擊出現。如今重聚，大家的歡樂可想而知。

珍娜也來了，那時她在小學教雙語，女兒剛出生不久，如今已上了中學，由於我當年也在學區輔導學生，所以兩人非常接近，常常一起討論語言對行爲的影響，特別是外國學生，往往因語言的障礙而使行爲與個性皆受挫。她一直致力於這方面的發展，幫助需要幫助的人，一直是她的目標，多年來，不僅完成學位，而且專負責爲低收入的貧戶爭取福利，我們已約好過些日子要一起談談彼此的生活與工作。

彼得是「標準奶爸」，那時他才從非洲回來，太太在做護士供他讀書，所以上課時，他會把兒子帶來一起聽課，由於他孩子很活潑，雖然才四、五歲，但和每一個人皆很熟，呼名道姓，上課時坐煩了，就到教室外面玩，從不吵鬧。如今聽彼得說，迷上戲劇，已經上大學的戲劇系，時光飛逝，令人驚嘆，只是彼得仍是那副樣子，留著小鬍子，談起第三世界，仍然興致不減，他的工作也大多在海外居多。「世界是無限寬廣，居處住久了會狹窄」是他的理由。

大美人裘蒂仍然美麗如昔，她上個月才過了五十歲生日。當年上課時，她才三十出頭吧！剛剛離了婚，帶著兩個女兒，由於嗜好打網球，一身健美的身材，總是不乏追求愛慕的人跟在後頭。她讀書只是爲了排遣離婚後的心情，所以上課討論時，沒有什麼想法，下了課卻全是她的羅曼史，她是傳統的女人，記得那時有一位小她六歲的意大利人追她甚勤，使她在女兒與男友間掙扎不下。這些年來，看著她轉變，成熟，獨自把女兒送上大學並獨立之外，她自己也漸漸沈穩下來，修起了博士學位，再一學期就畢業了。「那時我覺得生活中不能沒有男人。」如今她自嘲的說。

妮娜最令我佩服，她還是不慌不忙的從容自在，看起來比當年上課時更年輕些，她也有四十出頭了吧！雖然坐在輪椅上，卻無損她的魅力。

妮娜來上課那年，剛剛出過車禍，雙腿癱瘓，必須依賴輪椅，但是堅強的她，用僅有的一點腿力，學會了開車，也許是車禍的陰影，使她看起來總是鬱鬱不樂，她原本是小學教師，由於自身的殘障，選了一門「殘障教育」，我最難忘的是，她當年說過的一個故事——

「有一個孩子，處處不受歡迎，由於他的與眾不同，父母拿他沒辦法，把他送到寄宿學校，但是，學校的規矩太多，他又不能隨俗與大家一致行動，又被學校送回家，在到處被踢皮球一樣排斥的環境中，與人格格不入，令自己也很頹喪，爲什麼大家皆如此疏離我？爲什麼我不能有一點與人相聯相關的隸屬感？我是什麼地方不對？父母，師長，社會人人不歡迎我？

他想到自殺，頹喪中走到河邊，正想跳下去時，一位老者拉住了他：

『孩子，爲什麼厭世？』

『啊，因爲我不屬於這個社會，人人不喜歡我，我沒有一點能與人認同相聯的地方。』

老人伸出雙手，握住了他的雙手，

『看，你和我相聯（connected），人本來就是不同，但是不要自我放棄。』」

妮娜沒有放棄希望，坐在輪椅上，她修完碩士學位，如今在州政府做事，由於專長電腦，已經是小小的專家了。和她談論電腦，她幾乎無所不知。當我推著她的輪椅，幫著她上車時，我告訴她，這個故事多麼感人難忘。

「哦！妳竟然還記得。」她笑得好開心，「我是覺得自己特別幸運，與你們大家相關相聯，這就是我生命力的源處。」她停了片刻又說：「其實人需要的只是伸出的雙手。」

夕陽中，告別朋友，昔日的笑聲仍在，但今日的歡聚又增添了許多色彩，正如維理教授所說的：「寫書出書是一件快樂的事，但是眞正快樂的是——這是我的選擇。」

生命有許多面貌，只要用心，每一個都有它珍貴的故事。回首曾經走過的路，昔日同學，雖然不是飛黃騰達，但是每個人都做著自己愛做的事，過著自在的生活。而且，人人心中都明白，雖然不常見面，那一雙手，隨時與你相握相持。

完稿於一九九四、四、

註：*Learning to teach, Learning to Listen*, Dr. Jane Vella.

秋色又染北卡城

北卡書友會秋季的座談會，在九月十二日舉行，題目是「把藝術帶入您的生活中」，這是繼春天的文學、夏天的保健座談之後，書友會第三次文藝活動。

主講此次活動的兩位講員，都是年近八十的飽學之士：朱炳甲先生，早年留學瑞士；顏珍珠將軍，一生從事軍旅，退休後開始學畫。但是兩位皆以豐富、淵博的知識，用深入淺出的介紹，分享給與會近百人的會員，使每個人都有獲益匪淺的感謝。

朱先生以中國文化遺跡中的明珠——「青銅器」，及舉世讚賞的中國刺繡與緙絲」為題，使中國的古老藝術在大家的讚嘆中，栩栩如生的顯現在幻燈機上，也深深的印在每個人的記憶中。在距今四千年前的遺跡中，青銅器的發展，不得不令人感到古人在藝術與創造上的才華。由於朱先生多年來工作之餘，對中國骨董的研究，使他對國寶如數家珍。從歷史背景，到實物的欣賞都很詳盡，也使在座聽眾，重新細細欣賞那被遺忘了的古跡，聽完他的講演後，下次再參觀博物館或美術館時，對中國文物及刺繡，當有更深的認識。

顏珍珠將軍在抗日期間投筆從戎，公餘之暇曾隨佘偉及歐豪年先生習畫，六年前退休後來美，曾在紐約開過畫展，近年來，定居北卡，教授國畫，有中外弟子十餘人，曾經聯合展出作品，介紹中國書畫藝術於西方人士，並免費教授太極拳，把這一套健身藝術，分享同好。此次座談會，因時間受限，只略談嶺南畫派及國畫精品，使對國畫及藝術有興趣之朋友，有機會欣賞到中國藝術之美。

在近三小時的座談會中，我靜靜的聆聽兩位主講人精彩的演講，心中有很深的感動。朱先生認眞、博學的態度，一張張幻燈片，都是精心挑選、拍攝而成，有如在做學術論文般，仔細考據，並把講稿及資料分印給大家分享。將來有機會當請他爲文介紹中國青銅器與刺繡的藝術專文。顏珍珠將軍，腰挺背直，毫無老態，每日教打太極拳，又教授國畫。他的作品中，揉合著中西畫的特點，有他自己獨具之風格。他自稱老年人從習畫作畫中，可以得到心靈的滿足，更可提昇人生的境界，這點與我所研究收集的資料中，有關老年人的報導，不謀而合。舉世皆曉之畫家，張大千、畢卡索、摩西祖母等，到了老年畫筆仍健，很少有老化與癡呆的現象出現，必然是因爲把藝術揉和了生活，使創作與生活融爲一體，顏珍珠將軍本身，就是最好的見證。

此次藝術座談會，由畫家，也是書友會負責人之一劉瑪玲主持，三角地區習畫、愛畫的朋友，尤其是顏將軍的高足，都聚集一堂，我細數這些熱愛藝術的畫家，竟不下十多人，想起了顏將軍在講演中，提及意境之重要，尤其在作畫時，自己的風格及特色是畫作的精神。小小的三角研究園區，華人不過二、三千人，雖然各有所好，卻共同開創了寬闊的園地。書友會正好搭起了各行各業間的橋梁，使文學、藝術、各行各業間的學習心得，能與同好分享。

顏珍珠將軍曾以王安石的詩句：「春風又綠江南岸」來說明詩畫之境界。我在此也借用此詩韻，寫成「秋色又染北卡城」爲題，在葉子剛剛變色的初秋，讓每人的生活中都有書香與藝術之美。

一九九二、九、二十九、《中央日報》

分享之樂

——北美華人作家協會側記

到紐約參加「北美華人作家會議」，見到了許多文友，大家歡聚一堂，談文學，說經驗，這情景多年來一直在我夢中出現，也時時盤旋腦中，如今夢想成眞，要感謝有心人的奔走籌備，葉廣海、姜筑夫婦任勞任怨功不可沒。陳裕清先生的發起與推動，才使理想實現。

座談會訂在五月四日，講題是「談談自己的寫作經驗」。寫作是一條漫長的路，要談經驗，各人都有一段心路歷程。談及寫作的動機，琦君是文學界泰斗，文采詩詞才學皆非常人能比，寫作確實是理所當然的事。不過，她卻說：「和簡宛一樣是因爲要分享才寫作。」知我者琦君。其實每一位握筆的人，在藉筆舒懷中，多少有著一份分享的快樂是不可否認的事實。

散文作家寫的是從生活中引出的身邊瑣事；由於生活人人關心，話題人人熟悉，讀者與作者間始終有一份親切的感情。有人說，小說家只告訴讀者家裡的位置，讀者在門外徘徊。

散文作家卻把家門打開，請讀者入內談天，多少有出賣自己私生活之嫌。是否出賣私生活，各人有自己的抉擇；生活中有值得與朋友分享之處，卻也不必掩蓋躲藏，我本來就是喜歡朋友，凡事愛與人分享，生活中一些哲思玄想，一點小小獲得，都可分享。文友們已經把「報上見」變成了口頭禪，大家分享，互相鼓勵，寫作才不寂寞。這也是一種快樂，沒有眞情，如何能有佳構？

喻麗清是學藥學的，卻在文壇上頭角峥嶸，出版了二十多本散文集，雖然她說寫作的動機來自「不快樂的心情」，她的文字卻沒有灰暗艱澀的酸苦；她其實也是很熱情幽默的一個人。我們相識多年，在紐約開會期間同居一室，兩人坐著談，躺著也談。她比我年幼，那安靜的樣子，常常使我想起我妹妹靜惠的大學時代。麗淸寫詩又擅畫，所以散文中詩情畫意，又富哲思，然而她惜墨如金，文章精簡，從不加料摻水，也沒有雜色，這是風格。我們都相信寫自己想寫的才最快樂，讀者自然也有各自的品味與選擇。

吳玲瑤是我四妹的同學，她說以前常來我家，總是很有禮貌的稱我爲姐。她那大大的眼睛，笑起來兩個酒窩的可愛樣子，和她的文章一樣，人見人愛，這次赴紐約途中，我們在華盛頓轉機相遇，一路說說笑笑結件而行，完全忘記了旅途的勞累；我因轉機中行李遲遲未到，她竟然多備了一套睡衣，讓我直叫眞是雪中送炭給我溫情。麗淸從舊金山帶了一件毛衣送我，好像早已料到我有此需要。否則紐約初夏早晚的寒意，眞非我這南方來的人能抵擋。文友間這份情逾手足的深厚情誼，也是一大獲得。

劉安諾和我是隔州而居，她住田納西州，我在北卡，但我們卻是於兩年前在柏克萊女作家會議中才相識，她那鶴髮童顏叫人一見難忘，文筆幽默更具風格。她與琦君先到紐約，所以同房而居，兩人「相敬如賓」，時時在禮讓客氣中推辭，又不時有幽默笑語發出。每天開完會，我們都不肯早早就寢，聊得昏天黑地，她總是很有理智的叫停。她和玲瑤一樣，都說因爲寫作不用牌照，所以就寫了，畢竟是幽默作家，連寫作動機也充滿詼諧風趣。

韓秀是這次會議才認識，但是她一站起來說話，那口京片子就叫人愛極了，加上她爽朗的個性，一下子就有相見恨晚之憾，她可以晚睡早起，臨別那天，她一早敲門，我和麗清正躺在各自床上聊天賴床不起，她進來一看，好生羨慕，「好溫暖的被窩」。我馬上分享，把床位讓她享受，自己從床上爬起，去浴室漱洗。因爲她和我一樣，也是住在「男生宿舍」，沒有女兒可以享受這份溫柔，所以要把握機會，好好與文友聊個夠。

譚家瑜與張鳳都是舊識，主持座談會各有風格。紐約市地傑人靈，座談會中，不時有珠璣之語，卓越高見，尤其談到「文人相輕」更是引起熱烈討論。關於文人相輕，其實是農業社會中狹窄心胸，機會稀少時的一時現象，根本不存在於今日多元開放的社會中。每人頭上一片天，相輔相成，同行間促進了許多機會，有何相輕之必要？現代人相互尊重，相互欣賞，才是健康的態度。文人相輕，早已不復存在。文人比一般人更富感情，他們不僅相重，還相「親」，所以應該把文人相輕，改成文人相「親」。相親相愛，這份情懷是我這些年來握筆不休的主要動力。

特別要感謝的是讀者的支持，雖然不常見面，或甚至從未謀面，透過文字，經過分享，已建立了一座心靈的橋梁；座談會中有位冰子文友，提出作者與讀者的關係，詢及讀者對作者有否影響？我答稱影響很大。作家也是人，人都有軟弱的時候，人在軟弱時，就需要鼓舞與提昇，我自己就是如此。讀者的肯定，會使我振奮忘憂。會後，許多讀者跑來給我打氣，告訴我多麼喜歡我的作品；又有人告訴我十幾歲就讀我的文章，與我一起成長……我感謝這份力量，也因此快樂了好久。

菲律賓來的作家林婷婷女士是有心人；在菲律賓那樣的環境用華文寫作並推行華文教育，沒有一份毅力，談何容易？她問及嚴肅的問題：海外寫作，是否會有失根之憾？於我自己而言，我筆寫我心，也許因爲人在海外，更有距離的看自己的文化，吸收西方的精華；遺憾不是沒有，但是收穫更大。若是留在國內，以自己學教育的專業，大概不會這麼執著的寫作；是得是失，實在很難定論。阿修伯是多年舊識，他提及文學中的派別，我卻以文學應以海闊天空爲旨，不喜歡劃分派別與分類；對於所謂邊緣文學我接觸不多，私心中，我對「邊緣」兩字總覺不妥，也因此不曾深究。阿修伯有心，一定有許多見解，以後再向他討教。

會後回到家，電話不斷，信件未絕，都是文友間相互的問候與分享，大家仍在回味相聚之樂，寫作既然是大家心中的最愛，談起最愛，當然沒完沒了，樂此不疲。

文學的殿堂也許高深，文學的路途也許漫長，然而生活中多的是花團錦簇的景色，也許我追求的不是象牙塔中高深精緻的文學，我想要的，只是一點點分享的快樂——一份生活文學的詩情。因爲我始終相信，生活中有文學，生活才會多采多姿，文學中有生活，文學才會有活力熱情。我只想在生活中耕耘出更多可以分享的園地，與文友們相親相愛，互相欣賞鼓舞，也希望讀友們快樂歡笑，生活充實，這是我這單純的人，一份單純的心願。從寫作中我得到了文學與生活相互平衡的快樂，我也希望讀者從我的作品中，分享到了這份單純之樂。讓我在此也祝福「北美華人作家協會」，希望有更多的文學愛好者一起努力創作。

一九九一、夏、《世界日報》

文學的情緣

——海外女作家聯誼會側記

從加州開完女作家聯誼會後，回到家已經好幾天了，我的思潮仍然停留在與文友們相聚的歡樂裡。回來後，絮絮不斷和丈夫談的全是會中種種話題，向朋友分享的也離不開在加州與文友們相聚時的樂趣；丈夫在聽了我幾天幾夜的「文學報導」之後，忍不住半玩笑、半感慨的說：

「北卡確實冷清了些，尤其妳又住在男生宿舍裡。」因爲沒有女兒，我們一向戲稱自家爲男生宿舍。

「住在男生宿舍，是少了好多樂趣，你看，我和女朋友們有說有笑，好像又回到了學生時代，重溫校園生活。」我也趁勢誇大自己的「委屈」，把喻麗清見到女兒時母女倆的貼心更大大渲染一番。

回想這幾天的生活，確實很像回到了少女時代無牽無掛的日子裡。尤其是文友間，彼此歡聚一堂，住在西來寺那樣幽靜的環境中，什麼人間烟火、塵世困擾、工作責任，甚至家庭兒女，暫時全拋諸腦後，本來只有兩天的會期，談什麼經世濟人的大道理或學術論述，自然不可能。但是增加認識，以文會友，共同鼓勵在寫作上的相互愛好，確實有極大的幫助。因爲大家心中所想，手中所寫，都是共同的愛好——文學。也許，就是因爲這份大家心底共同流露的文學情緣，讓我們從世界不同角落歡聚一堂時，沒有陌生與隔閡。雖然隔閡不是沒有，尤其對事情的看法、做法，人人有異，但是本著對文學的同好，大家能互相尊重包容，才能相親相愛，這也是我們幾位文友間，一再加強鼓吹的「文人相『親』」、「文人相重」的情懷。

這次的主題有二，一爲新女性文學，一爲海外華文文學定位；〈世界日報副刊〉爲了分饗讀者，早早就策劃安排了版面，以三天的巨幅刊登。洛城的文友，也發揮了團隊服務的精神，從接機、食宿，到會場、議程等等大小諸事，全妥善安排。

話說十月十一日清早起來，從北卡飛往加州赴會，飛機從東到西歷時五小時，中間又轉機、等機，抵達洛城，已是午後。吳玲瑤和蓬丹來接機，還手持歡迎招牌。接著琦君姐伉儷、劉安諾、趙淑俠相繼來到，我們坐在機場小吃店，儼然已先開起了作家會議。淑俠是初識，但大家一見如故。她談起了臨出門前，準備了好幾天的飯菜，爲了家中的老爺孩子，大家都有過的心路歷程，雖然口中駡自己「沒出息」，卻也不免要犧牲自我的表示一點「愛意」。我這幾年已經比較進步，讓丈夫也有表現廚藝的機會，然而出門前，也把冰箱塞得滿滿地，全是現成買來的餃子。

最後一批抵達的是從舊金山飛來的陳少聰、蔡玲和李黎。蔡玲遠遠看到我，大叫「簡靜惠」，待我走近，她大發嬌嗔：「那有這麼像的姐妹，簡直太過分。」原來她誤認了我們姐妹，把我當成了妹妹靜惠，兩人相擁大笑。

一行多人，浩浩蕩蕩推著行李；幸有女作家之友——周愚先生週到的服務，開著西來寺的大車，來往於機場和會場之間。他晚間上班，爲了接機犧牲睡眠，只好利用在停車場等待一批批作家抵達的空檔，小小補充睡眠。

由於洛杉磯城大，又加上下班時間，塞車拖延了時間，抵達西來寺，已近六點，只見會長陳若曦，站在會館門前，雙眉緊鎖，不勝焦急，看到我們車子抵達，才如釋重負，趕快命令，直奔飯廳，註册報到等等手續待飯後再理。

文友們久別重逢，親熱無比，我的「同居人」喻麗清已經到處在找我。在飯廳中，大家左擁右抱，眞是場面感人，上次開會在柏克萊，一別已是兩年，眞是有許多別後思念之情。

雖然有幾位文友，今年五月還小聚一次，但這次相見，分外親切。於梨華對著我笑臉可掬，我卻慢了兩秒鐘才叫出她的名字，引得她大發嬌嗔：「怎麼不認識我了！」這不能怪我，沒想到年餘未見，她竟然越發年輕而充滿魅力。韓秀那口爽利的京片子，仍然悅耳迷人：「唉，簡宛，妳怎麼讓麗清等了一下午才到？她可急壞了。」

晚餐是西來寺的素食大餐，眞是豐盛，但大家心中漲滿了興奮之情，吃得少、說得多。會長陳若曦主持開會儀式，簡單致詞，介紹下屆會長於梨華及西來寺主持人星雲法師代理人，一切都在時間掌握下，分秒無誤中完成。

我們居處在山坡上，與住在Ａ棟的琦君姐相隔百尺；她稱我和麗清爲「遙遠的愛」。由於我們的住處較Ａ棟小——屋小、床小，所以Ａ棟所住的文友，像琦君伉儷、楊慰親、吳玲瑤、於梨華、陳若曦、陳少聰、陳永秀等，大多數文友爲「高幹」，我們位居山上小屋者，如趙淑俠、戴小華、羅珞珈、翔翎、譚家瑜、石麗東、麗清和我爲平民。爲了探望我們位居「高幹」的遙遠的愛，把衣物放回住處後就步行下山，走在西來寺幽靜的庭園中，月明風清，繁華的洛城在遠方山下燈火閃爍，那份月光下與文友漫步的寧靜，確實難忘。一時間，時光交錯，彷彿又回到學生時代，羅珞珈到處找電話要給「老公」報平安，更像當年與男友情話綿綿，我們都曾經有過的少女情懷。尤其是與卓以玉一路走著，聽她低唱自寫的「天天天藍」，確實難忘。

第一天的議程，排得緊湊，由平路的講演「新女性主義的困境與前瞻」開始；李元貞由臺北飛來，介紹了「新女性主義與臺灣婦運」；下午則由喻麗清、羅珞珈、戴文采與張曦娜共同主持座談會。

關於新女性主義，歷年來談論頗多，兩位主講者也都有很公允持平之論。但是，我總覺這樣的話題像「鷄生蛋？蛋生鷄？」永遠討論不完。

兩年前，在柏克萊初創聯誼會時，已經討論過，大家也交換了不同的看法，這次又選此題目討論，也許有更深探討的目的，但是，我本人對什麼主義與教條、口號之類，一向不熱中，從事文學工作者，各人心中必有其獨特的理念，也不是一時間可以說得清楚，討論得透徹的，所以在第一天的會中，自然有了精彩的討論。我想每位藉筆抒懷的作者，都有各自的理念和想法，這些問題也都在腦中想過、思索過，倒是男作家紀剛先生在會中也起立發言，提到一些觀念，不能脫離自己的文化，我深有同感。西方文化中，過分強調競爭與對立，尤其談到婦女運動中時，不乏牽涉到西方文明的背景與因素，我們在思考批判之前，當然不能忽略自己的傳統與文化背景，我們如果硬要套上西方的鞋子，未必合腳，也無此必要。琦君女士在〈世副〉中所提到的「一個舊女性的文學觀」，平平實實，卻充滿眞實感情。戴文采提到「偉大的頭腦是半陰半陽的」，也代表了一種理念。有這樣一個交流的機會，確實增進了許多認識，可惜，時間緊湊，許多人相信有不能暢所欲言之憾。

白天的議程若是充滿腦力激盪，晚間的活動，則富有歡樂嬉笑，流露出我們同在一起時的青春活力。從猜中國古典名著，到成語、歌唱、平劇、粉拳繡腿……眞是精彩萬分；葉文可那地道的臺語歌曲，連我這個臺北人都聽不出口音；趙淑俠的平劇，唱作俱佳，那股帥勁，傾倒所有文友。當晚本來是由新任會長於梨華提議要來一個「睡衣晚會」的，我們住在山上，不便著睡衣出門，麗清在睡衣外，套了裙子，一到即被吳玲瑤識破，拉起了裙子，正好被搶到鏡頭。於大姐捲起褲腳管，一付頑童模樣；劉安諾一襲全白的長睡衣，像煞了白兔寶寶；陳若曦，啊！她說不能外露祕密，就此打住。我相信永秀的相機中，都留下了珍貴的回憶。

第二天的議程是由於梨華主持，談海外華文寫作的定位，強調只要用華文寫作，就是華文作家，推翻了以往所謂海外文學爲邊緣文學的立論，我深表同意。於大姐言簡意賅，中肯有力，配合著張信生、戴小華與趙淑俠各位文友的報導，在艱辛的馬來西亞華文寫作環境中，小華的推展華文寫作，功不可沒。淑俠在歐洲奔走號召，如今也具規模；誰說文人只會寫文章？她們辦起事來，幹勁十足，充分顯示能文能武的才華。

最後一場，其實也是最重要的一場座談，是「出版與投稿」，由琦君主講臺灣、陳若曦主講大陸、蓬丹講美國的出版狀況，是文友們最切身，也最關切的問題。一切有關版權、版稅、投稿、出書、盜印、轉載……等等問題都包括在內。三位主講人都準備豐富，臺下的文友更強烈反應，只可惜，爲了時間，一路催催趕趕，原本想發言說話的人，都略而不談了。

此次會議，在短短兩天半時間裡，討論了這麼許多問題，共享了這麼多興趣，時間的控制得宜，才能有此效率。然而，也因爲太注重時間的控制，而忽略了一點人與人之間的溫情，大家老遠從世界的各個角落趕來，除了心中對文學的共同喜愛外，也帶著一份以文會友的聯誼心情，同心協力要有一個愉快的聚會。正如胡爲美在會中所說，寫作時心中有著一份溫柔之情，這份溫柔之情，也正是追求雄赳赳、氣昂昂的陽剛之美的人無法領略的人間至情至愛。

一九九一、十一、十六、《世界日報》

文字的情緣

走出餐廳，臺北夏夜的天空，沒有繁星點點，只有閃爍的燈火輝煌。熙攘熱鬧的街上，充滿活力的肩踵相接，這就是臺北。每年回來，每年看著它進步和變化，但是蟄居在心中多年的懷舊心情未變，那曾經被我們一腳腳踩過的紅磚人行道也依然存在。

「好想走路回家。」我說。

「我陪你走一段。」靜娟像是我知心的朋友，我話才出口，她就很自然的說著：「我家的方向和你一致，我們就安步當車吧！」

自然自在是她的特色，和我的簡單明瞭不謀而合。我們雖然「認識」很久了，有三十年了吧？但是這才是第三次見面。第一次是去年世界華文作家會議在圓山飯店舉行時，她代表〈新生報副刊〉主編出席。第二次，我們一伙人在「慕雨軒」吃了一頓很別緻的午餐。記得那天還下著雨，大家坐在榻榻米上喝茶、聊天，聽琦君講笑話，聽靜娟介紹茶道，聽趙淑俠訴說她在歐洲辦活動的甘苦，想想居處天南地北的我們可以歡聚一堂，該是多麼難忘的回憶！

走在臺北東區的人行道上，我們兩人像是多年的老友一般。雖是第三次見面，卻完全沒有時空的距離，談孩子、談家庭、談寫作、談生活的點點滴滴，好像昨天才見面一樣。

其實說我們是老朋友，並不爲過。我們屬於同一年代、同一背景，甚至結婚、生子的年、月、日，竟然也相差不多。也許是握筆者的額外收穫，我們透過彼此的文字，已經神交多年。靜娟的作品，從她的成名作《載走和載不走的》（文星出版），到最近的《咱們公開來偷聽》（九歌出版），我都沒放過欣賞的機會。所以，雖然不相識、不見面，感覺卻不陌生。

靜娟人如其文，文如其人，純樸中有著活潑與幽默，像一塊璞玉，不與人爭豔鬥妍，但是一旦接近，愛不釋手，不能輕易放下。特別是她的近作《咱們公開來偷聽》中的文字輕鬆自然，充滿喜樂風趣的韻味。她寫日常生活中的人與物，也很生動，在她的〈第一個孩子〉（《歲月就像一個球》，爾雅出版）一文中，描寫到她在醫院生產後，第一次從護士手中接過孩子時的爲母心情，更微妙生動——

接過包裹時，我怔住了，這會是我的兒子？……這個小陌生人，皮膚紅通通的，像喝了幾罈酒；眼睛只是一條線，眼皮浮腫；鼻子不小，嘴巴也大；面頰鬆垮垮地垂著；而耳朵，像兩片薄薄的葉子……

可是到了第六天，

我已成為一個小器的媽媽，鄰床的太太說她的女兒可愛，也使我不愉快……我的兒子笑起來才可愛，嘴角還歪一邊，好性格。

短短一段，把母親的心情、兒子的相貌，都淋漓盡致的呈現眼前。

歲月眞的像一個球，當年紅通通的小嬰仔，如今已長大成人，會陪媽媽買球鞋，和媽媽談文學和政治了。我們這兩個同樣沒有女兒的母親，一路談著兒子的新鮮事，竟然也投契得相見恨晚，不捨得分手。

佛家常說到「緣」，人與人之間的緣分，是非常微妙的關係。但是佛家所說的緣，有善緣與惡緣，有人相處融洽，有人卽使親如夫妻，因爲不投緣，也有水火難容的局面。然而，經由文字所締結的情緣，日積月累，已超越了時空和現實，不論天南地北，皆有天涯若比鄰的接近與親切感。靜娟與我就是如此。

文學中的眞、善、美，往往提升了心靈深處的精神領域，尤其是眞誠而不矯飾的情感，透過筆尖，化爲感人的作品。我跟靜娟說，若不是她那枝深情的筆，記錄了她一系列的感懷與生活體驗，我們豈不失去了欣賞她的敏銳與靈慧的機會？而我們之間的文學情緣，若沒有手中握著的筆，撥弄著「心底的那根弦」（註），如何能跨越時空，持續三十年？

一九九三、十二、十四、《國語日報》

註：「心底有根弦」是劉靜娟作品書名之一。

鄉下人進城

——異鄉與旅情

初識張家界

去張家界是丈夫多年的心願。

這些年來，他出入大陸多趟，但是每次皆是講學或訪問，來去匆匆，對於他自己從未去過的「故鄉」——湖南，不免也心嚮往之，尤其是目前被列爲國家公園的名勝區——張家界，正是他祖先落籍之處。看到好友永秀從張家界帶回來的畫册與介紹，遂下定決心，要去尋幽探勝，親睹張家界的風采。

五月下旬，開完工農科技研討會後，從北京飛長沙。許多朋友，在得悉我們將去張家界，不免也有一些不同的反應，從這些反應中，我多多少少也聽出了「路況」。

「去張家界？風景美極了，但是要有心理準備哦！」

「要走好多路，爬好高的山，先練好腿力吧！」

「哇！好棒，張家界現在去最美，沒有太多人工的破壞。」

「多準備幾天才夠，可看可玩之處太多了。」

……………………

如今，我終於明白，朋友們的話都有道理，張家界的美，不是一天兩天或十天二十天看得盡，它是要你沈緬其間，細細領會。而路途的險峻與顛簸，在長沙市與大庸城未有直航飛機之前，是要有一份耐力去克服。我很高興我們通過了考驗，多欣賞了沿途許多風景，但是，如果有人問我，值不值得去跋涉？那就要問問自己的體力，若只是爲了欣賞張家界，還是等今年年底有直航大庸市的飛機再去，當然，那時的人潮與嘈雜，可能也會使湖光山色遜色一些。

路過桃花源

從長沙出發，是早上八點半，路上車陣人潮，塞車的情況，比起臺北，有過之無不及。大車小車腳踏車，一副勇猛積極的景象，司機很有耐心，一路鑽進鑽出，就是出不了長沙市，他說了一則口訣——

「大老板橫衝直撞，

二老板東倒西歪，小老板見縫就鑽。」

大老板是卡車，二老板是小車，小老板是腳踏車，至於行人，自求多福，自己設法衝鋒陷陣過馬路。

到了中午，司機往右邊一指：「桃花源就在那兒，你們要不要去？」想起了世外桃源的境界，正想去一探武陵人的仙居，卻聽到司機又說：「如果去了桃花源，今晚就到不了大庸市了。」大庸市是最靠近張家界的城市。

「桃花源錯過不是太可惜嗎？」丈夫說。

「唉，還不是一些石頭和土產，」司機把陶淵明筆下的桃花源形容得如此傖俗，實在不忍去破壞我心中的桃花仙居。「去不去都是一樣的。」司機又加了一句。

車子從桃花源的邊邊滑過，我保留了那不食人間烟火，沒有車陣與塵土飛揚的世外仙境。不知眞實的桃花源可依然如昔？

綁在椅背上的貓

湖南鄉村的景色，有如一片綠色湘繡，越向西行，那起伏有致的山陵，越顯出它婀娜多姿的嫵媚，山丘不高，處處有階梯的農田，在嫩綠的水稻田中，總看到農民彎腰耕田，或涉水播種的勤勞。不分男女老幼，處處是純樸安分的眼神，美麗的山水，往往帶不來豐收的歡欣。記得在桂林時，讚嘆山水，換來的是貧瘠的土地之怨言。而今，看到如詩如畫的湘西景觀，彷彿也聽到了農人低低的嘆息：「可耕地多麼難覓。」

車子沿著羊腸小徑前行，翻山越嶺間，記得以前讀地理時，蜀道難的印象，也因爲山嶺阻隔，湘西與外界來往不便，沈從文在他的〈湘行記〉中，曾提及歷時數月的船行，比起他的時代，這數十年間，交通已大有進展，至少有路可通，雖是山路，開山築路也花了前人不少血汗。回頭欣賞那走過的如帶小徑，我跟司機說：「我實在佩服您的開車技術。」私心中，我也感謝一路平安無事，這是一段多山險峻的路程，若掉以輕心，後果不堪設想。

已過了午飯時間，沿途是一山又一山的碧綠，循著山路，傍著沅水，山明水秀，確是賞心悅目，然而民生問題要解決，卻只見破舊的農舍與稻田相聯，總算在飢腸之中，到達了小鎮。

鎮上只有小小的幾家店，賣著雜貨與礦泉水，人們閒談地聊著天，餐廳已過午不做生意，買了乾糧與飲料，藉此也伸伸腿，才看到那綁在椅背上的貓，瘦瘦地卻瞪著一雙神氣的眼睛，下午的陽光斜照著街面，我走近貓咪，想摸摸牠，卻差點被牠抓破手皮。傷害了我一番友善之心。

貓是自由自在不愛受拘束的動物，比起狗的忠心守護主人，貓更具獨立特性，如今綁在椅上，不知是爲了怕走失，或被殺食？可以顯見那被桎梏的天性一受困，難免怨氣十足。人，不也是如此？

初識張家界

張家界是湖南國家公園武陵源的一部分。武陵源整個森林公園，位在湖南西邊，與四川接壤。湖南四條河流湘、資、沅、澧，武陵源卽爲澧水發源地，有山有水，除了峰林如柱，嬌媚如澧水，也增添了嫵媚。

武陵源的名勝極多，眞正要玩遍，住上數月半年才能盡情領悟山林之美。爲了時日有限，我們只選了張家界和黃龍洞。天子山只好留待後會有期了。

百聞不如一見，張家界的地貌奇特，尤其外界介紹不多，更難想像它的三千峰林八百水的雄偉與靈秀。那些奇岩奔石，各有名目，而鬱鬱森林，林間奇花異果更是人間少見，沒法想像奇偉與柔細的組合，會是如此的天衣無縫。也許因爲山高雲厚，走在山嶺遠眺，眞正是山在虛無縹緲間。當我們爬到了那最高頂點，往上觀望，好像伸伸手就能採擷浮雲，而往下一看，我的詩意全消，雙腿發軟，只想趕快爬下來。高處不勝寒並不足懼，是人類的渺小，在群山間令我感到惶恐。

張家界的山嶺陡壁，指不勝屈，而且各有名稱，人類豐富的想像力，豐富了山岳的生命。人與大自然的關係也因此拉近了許多距離。只是，在經過億萬年的地質變化而演成今日的景觀，張家界已習慣了沈默，漠然於大地的轉承與時間的更遞。驟然之間，成群結隊的造訪者，蜂擁而至，把上古與現代拉近了距離，這顆被人遺忘的珍珠終於大放光芒，可是我卻擔心，人類的「自大」，是否會騷擾了群山萬石千萬年來的靜穆？

這是我一路上想得最多的問題，當大家忙著開發，談著觀光旅遊，人的素質，人的培養，也是不能忽視，這樣才能讓山嶺萬林的尊嚴屹立不朽。

爲了紀念這次的爬山，我在記事本上速寫了張家界景象，我不是詩人，不過是想在一次難忘的旅遊中，與讀者及朋友共同分享。

尋根返里入武陵，
勇登黃獅（註）上碧宮，
古柏綠杉如仙境，

奇石險谷嘆神工。
離群獨立金鞭溪，
雲影懸崖水濺衣。
昂首極目賞飛瀑，
索溪風采滿蒼穹。

註：黃獅寨爲張家界主峰。

一九九三、六、十、臺北

鄉下人進城

丈夫喜歡說笑話。

他說以前有個鄉下人進城，朋友叮嚀他，城裡人都很時髦，爲了不要顯出鄉下人的土氣，最好城裡人說甚麼就跟著做甚麼，入鄉隨俗嘛，才不會太離譜。到了城裡，鄉下人果然亦步亦趨跟著城裡人學規矩。一天，他坐電梯，有人牽著兩條大狗入內，只見那狗主人大聲吆喝：「坐下！Sit! Sit!」

鄉下人乖乖蹲下，與狗並肩而坐！

狗主人訝異，朋友驚呼：「你幹甚麼呀？他在叫狗坐下，你……」

走在曼哈頓街上，想起了丈夫的笑話，忍不住想笑。在小城住久了，聽多了紐約市的各種奇聞，雖然沒有像那與狗並肩而坐的鄉下人一般老實，然而惶惶然不能灑脫之情，卻也不相上下。

昨晚開完會，與小妹一家及全兒餐敍，飯後隨著兒子回到他曼哈頓寓所。紐約居大不易，寸土是金，兒子公寓一廚一廁、一房一桌皆很秀氣，洗臉盆只有巴掌大，洗澡缸很袖珍，房間裡兩人走動要彼此讓路。兒子倒也不容易，一個人把屋子整理得井然有序，他說是花了一天一夜才就緒，爲了迎接母親大人的光臨這已經很不容易。

昨晚安頓好我的行李，他說去把車子換位，免得第二天拿罰單。這我明白，十幾年前來紐約，住在老友劉飛家，第二天晨起，車子上有罰單，孤零零停在那兒的印象至今猶新。爲了掃街，每天要換邊停車的規矩，紐約客人人都不會忘記。兒子出門停車，卻一去個把小時不歸，可把我急得心焦如焚。想起聽聞中各種搶案，不寒而慄，可又不知如何是好。爲了解憂，撥了長途電話給丈夫，他從睡夢中被我吵醒，硬是不慌不忙：「兒子在紐約住了兩年也沒事，你怎麼那麼緊張？沒事，沒事，快睡吧！」

爸爸和媽媽，不一樣就是不一樣。

等待中把兒子的家看了一遍又一遍，欣賞之外又加讚嘆，總不能相信那小小的孩子，會把屋子佈置得頗有品味。牆上掛著自行車，木架上有電視，吉他放在衣櫥上，只有六英尺高的他才搆得著。電腦放在飯桌上，旁邊還有他愛看的詩集和一盒盒古典音樂磁帶。床是兩用的，白天是坐椅，晚上是床舖，是年輕人熱愛的叫「福東」的家具。他在旁邊又放了一張行軍牀給他自己，把福東讓我享用。緊挨著電視，牆角有一大堆《紐約時報》和《腳踏車》等等戶外運動雜誌，都是他的最愛。他的生活彷彿也一目瞭然。

十二點，午夜已過，街上仍然是車聲人聲外加救火車鈴聲與警車叫鳴。住慣嘉麗城，朋友戲稱鳥都不生蛋的地方，那有這種城市交響樂可聞？

兒子回來，媽媽釋然。他的車停在將近一里外，還是用錢買來的停泊車位。鄉下人惴惴然不能安心入睡的慌亂，城市人如何能懂？何況做母親的多少有點牽牽掛掛，庸人自擾的緊張，這份情懷，也大概只有做母親的人才會懂。

大都會博物館就在曼哈頓區，與友人相約晤面，拿著兒子昨晚手繪的街圖，仔細又清楚，卻也蘊藏著孩子的風格；上面寫著他辦公室的電話與地址。孩子對母親的愛是信賴與鼓舞，絕不是我這種婆婆媽媽似的牽牽扯扯。

「媽媽您一定不會迷路。」早晨出門前，他很有信心的說。果然，家門在望。逛了一下午博物館，走在陽光普照的街上，心曠神怡，活福特展中的鮮麗色彩還駐足於腦中。住在紐約市的人，得天獨厚的是這種藝術文化，音樂與舞臺劇的豐富，鄉下人進城，少不了要一一膜拜欣賞。

安步當車是閒暇人的享受，省了停車擠車的麻煩，又可沿街欣賞櫥窗，當然在走走停停、東張西望中，我總是小心翼翼的夾緊錢包。

「你有時間嗎？（Do you have time?）」突然有個人帶著外國口音，匆忙從身後跑來。

我嚇了一跳，伸手看看手錶。

「四點二十分。」我說。

「不！」那人焦急，「我說的是你有沒有十分鎳幣？（Do you have dime?）」我心中一驚，想到了要錢的，又想到了搶劫。正猶豫著要不要拿出錢包給他十分錢時，又有一個人跑來，我幾乎嚇得腳要發軟，只聽他大聲叫著：「不用了，不用了，電話已經打通了！」原來他要零錢打電話。我爲自己的小人之心臉紅。

唉！鄉下人進城，總得增加見識，回家才能與友好老伴分享。我突然歸心似箭起來。

一九九一、八、十三、《國語日報》、《世界日報》

世外陶園

「喜歡陶器，有如上了酒癮，也是不容易擺脫的嗜好。」陶絲說時，指著她一排排收集的陶器：「除了這些，我閣樓上還有好幾箱，都是看到了就忍不住要買下來收藏，眞是有癮。」

我一邊欣賞著那些古樸可愛的陶藝品，一邊嘖嘖讚美。「我對陶器也是愛不釋手，在東京看到一隻美金千元花罐子時，眞是愛極了，但是實在太貴，只好忍住不買。」我說著，又把她的一隻缽子在手中把玩，那色彩著實令人入迷。

「莫非妳也有癮？」陶絲笑問。

「比起妳來，我才開始，還沒到『沈痾難治』的地步。」

「妳知不知道北卡州有一個著名的陶器城，全城幾十家，都是製陶園地，而且各具風格。」她越說越有勁，「我保證妳看得眼花撩亂，而且滿載而歸。」

她說到做到，過了兩天，就打電話來：

「週末要不要去逛陶園？反正先生們都出城開會去了，我也約喬絲，她要去西部看朋友，正好買些禮物送人，琳達是特地約來陪我們的，她一個人在家也沒事，對陶器她沒癮，但是後座一人坐太寂寞，我們要陪伴。」陶絲滔滔不絕，又週到的安排一切。

週末，四人坐一部車，由陶絲開著，一早往陶園前行。

夏初的北卡州，樹木茂密，綠意盎然，陶絲一邊開車，一邊妙語如珠。她近年對戲劇特別入迷，已寫了好幾個劇本，有一齣戲已經上演，而且得到許多好評，現在正在安排擴大公演。

「我要好好吃一頓午餐，我已經吃了一星期的炸洋芋片了。」陶絲用那喜劇作家的誇大口吻，吞著口水。

「妳發什麼瘋？爲什麼要那麼委屈自己，難道丈夫不在家，就要如此刻苦自己？」琳達問她。

「哎呀，妳不懂，嫁了一位學營養的丈夫，什麼食物都不合營養標準，尤其是油炸的東西。可是我愛吃嘛！我已經快一年沒有吃油炸馬鈴薯了。趁他不在好好過過癮，這叫做妥協，何必爲吃吵得天翻地覆，兩人都不開心？」

「我也是，」喬絲附合著，「我只吃蔬菜乳酪。」

「我根本不做飯，」我也強調著說：「反正我一個人吃不吃飯也沒人管我。」

「哎呀！」琳達叫起來：「妳們都是維多利亞時代受壓迫的小女人不成？我看啊，妳們根本就是懶人的說詞，趁機偷懶罷了！」

四人笑得前仰後合，看看手錶，才十點剛過，卻已想到了午餐的菜色，而且越說越餓。

到達西索城，一排破舊小屋，我正想問這是什麼窮鄉僻壤時，陶絲的車已轉入小徑，在一個停車場停下，只見她逕自走進，逢人打著招呼，和主人彷彿是多年老友，我們尾隨而入，琳瑯滿目的陶器，使我恨不得全部買下，不僅因那價格合理，同時也爲了那古樸可愛的設計。陶絲看我有欲罷不能的趨勢，趕快告訴我，一共有四十多家，不要到了第一家就如醉如癡，恨不得買下全店。

我們一家家的逛，慢慢地，我體會到了那各自的風格，做杯子的地方，不做花瓶，這家的特色，在別家絕對沒有，他們沒有公會，也沒有組織，然而四十多家，分散城中各處，彼此之間有一份默契，不相互競爭傾軋，不搶別人的生意，幾十年來，這個君子協定一直維持著，這個城的風格與特色，也因此在工商發達的社會中，有一份與世無爭、古色古香的純樸。

陶絲的車穿梭在許多陶園之間，像拜訪一家家的朋友，這家的門口有小花，那家的門前有小河，陶園也是住家。有一家的包裝紙袋，全是蠟筆圖畫，主人說是他六歲的孫女手繪的作品，他畫陶器，他妻子採陶，兒子媳婦製陶，全家都是藝術家。他們的快樂不在賺錢，而在創作。小小的店面，小小的工廠，但是我看到了他們彼此間和樂相處，滿足安詳的生活。

回家的路上，四人都很有感嘆：「生活其實可以很簡單，也很快樂。」然後想起了那後座車廂中幾乎快要爆滿的四人採購，忍不住相對大笑。

「啊！我們把在陶園所得，分享朋友。」喬伊絲說。

「對，我們要把『世外陶園』的和平帶回熱鬧的城市散布給大家。」陶絲說。

大家越說越興奮，還是琳達叫停——

「我們什麼時候吃飯啊？」

看看手錶，二點四十分，眞是廢寢忘食，藝術的迷人在此，讓人忘了人間烟火。

陶絲調整好安全帶，倒轉車頭，快樂的宣布：

「我帶妳們去吃午飯。」

「我們可不要吃洋芋片，」三人異口同聲提醒她，「帶我們去好吃的地方午餐，妳回去再自己啃洋芋片吧！」

一九九一、夏、《世界日報》

菲律賓行腳

去年十二月，在臺北參加世界華文作家會議之後，又應菲律賓華文作家協會之邀，與喻麗清、吳玲瑤結伴同行，一起到菲律賓與文友相會及演講。在這短短的五天訪問停留中，讓我感受很深，特別是僑教的成績，及文友的熱情，使我回美後，久久不能忘懷。

當初答應菲華作協理事林婷婷女士的邀請，純係於以文會友，座談大家心中的同愛——「文學」爲主，豈料華文作協的文友非常認眞，除了文學，也希望我們能談談僑教。由於十五年前，我曾在北卡創辦中文學校，這些年來，也一直關心華文教育，於是指定我就以華文教育的經驗，與僑胞分享。菲律賓值此雙語教學面臨挑戰的困境，許多有心人士已憂心忡忡，須臾不忘的急欲採取措施之道。

這份心路歷程，海外的我們，都能心領神會。

抵達菲律賓是傍晚時分，車子駛進馬尼拉市區，司機說：「這條路上欣賞落日最美。」我們看著華燈初上中，夕陽已落，只見初升的月牙斜掛，眼前的高樓大廈中，菲律賓的繁榮仍在。可惜近年來，社會問題層出不窮，綁架事件，影響著社會人心，而貧富的懸殊，已到了鴻溝難跨的地步。每一次紅綠燈的停頓中，都有相擁而至的孩童，伸手討錢。司機說：「敲敲車窗，他們就會走開」。黑暗中，我沒敢看那失望的眼神，卻無法揮去心中的疑問，曾經風光一時的亞洲大國，爲什麼落到如此地步？凡事不進則退，執政者在沈思間，能無視於那赤足街頭乞討的孩子嗎？

第一場演講在僑中學院，這一所創校於一九二三年的第一家僑校，已有七十年校史，當年只有四十七位學生開始，由教育家陳迎來先生所創立的華僑學校，如今已有四千五百餘學生，校舍由兩間教室而成爲今日有分校，也有各特別教室——如健身房、視聽教室、實驗室、圖書館等設備完善的五層樓大廈。

僑中學院的校長顏長城先生，與華文教育研究主任黃端銘先生，早早就與我們磋商安排演講事宜，他們認眞愼重的態度，使我們感到海外傳薪，這份獻身與投入，是最重要的成功因素。

抵達僑中學院，列隊在門口迎接的學生代表，以及熱情接待的老師，令我們非常感動。

彬彬有禮的學生，穿著整齊的制服，更令我懷念起在臺灣時教國中的情景。我曾跟一位昔日同學提及往日情懷，她卻告訴我臺北已今非昔比，孩子們早已不若當年我們剛畢業時的單純。時代在不斷更遞，但是待人接物，以誠爲禮的人文精神，難道也不再存在於富足的臺灣社會，反而從海外才能找到嗎？

禮堂很大，滿滿地坐了數百人，都是有心華文教學的教育人士。我們三人的講題配合得很好，吳玲瑤講她在加州時參與教學及編教材的經驗，喻麗清臨時被我們說動，也講了一些她在水牛城時教洋學生以及兒歌百首的編輯與教學，我自己則從教育心理的觀點，強調學生潛能的開發，以及教材必須與生活相聯的必要。手腦並用與活學活用，也許在以英文爲主的社會中是必須考慮的首要條件。如果教學不能啓發學生的興趣，學習失去與性向及生活的相輔相成，自然學習中文的意願就不高。我想從事海外教學的人，都有這種經驗。所以如何提高學習的興趣，進而能自由使用，也是大家一起努力的目標。菲律賓的例子，其實是很好的楷模，他們有些華僑，已居住了好幾代，仍然能用中文寫作。我們在美國的經驗，只能供參考，豈能班門弄斧？

除了僑中學院，我們也到中正學院演講，中正學院於一九三九年創校，已有五十多年校史，校長邵正寅先生，爲學熱心，爲人也很幽默，從他口中，我們也學到了許多海外興學與推廣的經驗。但是眞正令我們敬佩的是他說華僑人口只佔菲律賓人口的百分之二，華校卻做了這麼深遠的教學播種，使菲華人士不僅能用華文說與寫，而且菲華寫作協會更推動了許多文藝活動，譬如邵校長本人以及黃玲玲（黃梅）、楊美瓊、林婷婷、葉來城、小四、小華，都是作協大將，黃玲玲與范鳴英除了寫作，更全職在中正學院負責教職，爲菲律賓的華裔貢獻才學。我想菲律賓僑胞數代相傳，而華文華語不輟，僑胞的執著堅持，教育人士的獻身投入，不能不說是主要原因。今日有人捨棄母語不用，而海外的僑胞卻千辛萬苦堅持華文教學的重要，不免令人興嘆。

比較起華文教學的研討會，文學座談會就輕鬆多了。當晚菲華著名詩人施穎洲伉儷也來參加座談會，還有表妹洪慧珠也帶了許多她的女朋友來參與座談，除了以文會友外，又在海外見到了鄉親，倍感他鄉遇故知的親切。

前兩天在《中央日報》上看到文友黃梅女士的報導，爲因綁架而被亂槍射死的十五歲女學生哀悼，並在僑界引起數萬人參加遊行抗議，讀之令人心酸。想起在菲律賓時，黃梅與鳴英帶我們參觀華僑義山時，看著那建築華麗氣派不凡的墓地，有些甚至可排十桌酒席。當時，我們曾感慨的說，也許用這一筆錢爲菲律賓社會興學或做慈善活動，或可緩和「遭忌」與「眼紅」的心態。華僑勤勞刻苦，粒粒血汗，賺取了財富，奠定了鞏固的經濟勢力。依我這簡單的人、單純的想法，若多向外做一些教育活動，讓當地的菲律賓人分享一些我們文化的特色，不僅僅是語言的傳授，也不只是對華僑兒女的教育，而是推廣到菲律賓各學校，設置獎學金、教授中華文化，讓菲籍人士，能多瞭解溫厚與仁愛的中華精神，也許，唯有相互的瞭解，才能化解隔閡與敵視，而教育，應該是一條可行的途徑。

過去近百年來，僑胞們在菲律賓的努力，已斐然有成，尤其在華文教學方面，更是我們身處北美洲的僑胞學習的榜樣。但是我也深感到我們能如此堅持海外傳薪，正是我們心中都有以自己文化爲榮，以傳統的精神爲傲之信念。菲律賓今日的問題，除了政治，是否也因缺少一點文化依恃？在失業率高張，綁架事件不斷，社會人心惶惶中，也許僑胞們可以更積極的跨出自己的圈子，參與政治與教育改革，把經濟的力量融入對生活關懷與社會建設的活動中，也許十年二十年後，涓水成流，菲律賓華僑的貢獻，除了經濟，還有文化的潛移默化。

十年樹木，百年樹人，菲律賓今日的問題，不知是否與他們缺少一份文化資產有關？野人獻曝，請教於先進前輩，也祝福菲律賓社會，早日恢復昔日繁榮安定氣象，人人可以安居樂業，推廣「幼吾幼以及人之幼」的仁愛精神。

在此也再次感謝菲律賓作協熱忱的招待。

一九九三、三、七、《中央日報》

第十六個秋天

北卡的秋天，是一年中最美的季節。

藍藍的天空，宜人的天氣。家家戶戶屋前種植的小花，色彩繽紛的向你打著招呼。遠山近處，矗立的松林中，點綴著些許早來的楓紅，那一副景象，讓人感到，活著的這一刻，是多麼美好的感受！

總不免要再三的向人提及那北卡人的豪語：「上帝若不是生在北卡州，爲何北卡有如此蔚藍的天空？」然而，更令人欣喜的是，除了永遠晴朗蔚藍的天空外，北卡一年中，有明顯的四季變化讓我們裝扮。

不能想像一年中，始終如一的恆常，彷彿像一個一成不變的人，日復一日、週而復始，久而久之，是否成了古板乏味？還是變得深不可測？

啊！別罵我，我知道有人要抗議，也許，這是我一廂情願的愛戀，對北卡，我多多少少有這份情懷，尤其在這迷人的秋天裡。愛，是沒有什麼理由，也沒什麼道理可喻。

春去秋來，一年中收穫成熟的季節。那一年，不也是選著在秋天，早早搬來，避開了東北角冷冽的酷寒，爲的也是北卡那迎睫而來的綠松與楓紅？沒想到，這一住，竟然已過了十五個寒暑，十五個春去秋來的沈思季節。

第十六個秋天，我心中默默數著，一邊低頭在院中種著秋菊。那天和好友走在農夫市場，在上百的菊花中，我們挑選著那又肥又大又美的菊花，突然想起，剛來北卡的那一年，我們的孩子還牽在手中，秋天時，帶著孩子在湖邊散步，兩人還得時時停下腳步，爲孩子綁鞋帶、擦鼻涕，轉眼間，孩子全上了大學，我想告訴好友，心中掠過的感受，她卻笑盈盈地捧了一大堆花：「就這些，我們回去種。」十幾年間的情誼，不必矯飾與客套，倒也自然的建立了情如手足的感情，我感謝這份投緣和默契。

生命彷彿也由春天走過夏天，又由夏天步向秋天。色彩繽紛的春天，已然消逝，熱力四射的夏季也逐漸轉換成淡然沈靜的秋色。秋天，濾過了那多種顏色之後，終於有了那沈澱後的獨有色彩。

人生的境界，好像也如四季般的變化前行，不必捉住春天不放，也不要在夏天裡熱昏。

每一個季節有每一個季節的迷人魅力。每一段人生，也有每一段人生的境界，走在秋天的圖畫裡，想起了蘇東坡的詩句：「莫聽穿林打葉聲，何妨吟嘯且徐行。」我欣賞的正是那放慢腳步，吟嘯徐行的自在與自如，在春天中不曾領略過的安詳恬適。

世界是不停的在運轉著，曾經執著的，彷彿已微不足道，努力堅持的，也輕輕可以隨風而去，放走了心中的困惑喜怒，才能理出空間接受陽光與星辰的清新。

秋天給了我機會沈思，
秋天也給了我機會欣賞和感謝；
欣賞那成熟的美，
感謝那生命給予我們的厚禮，我們永遠有不同的明天，等著去追尋。

一九九一、十一、一、《世界日報》

大隱隱於市

站在旅館的頂樓。

腳下是川流不息的車輛，遠方是起伏有致的大廈，櫛比鱗次急欲向高空伸展。藍色的天空下，濃綠的樹木點綴在都市的繁榮間，使那些現代化的摩天大樓，有了些許翠綠，也少了許多雄赳赳氣昂昂的僵硬之感。住在高樓，常常有使我回到童年時代的快樂。

小時候，家住鄉下，進城看熱鬧是夢寐以求的期待。然而，當年交通不便，膽子又小，一年中除了有大人帶領，眞沒上過幾次大城。

印象中最深一次是，跟著母親、阿婆進城；那年尚未進小學，衡陽街還沒太多高樓，建新百貨公司也才開幕不久，擠在人群中，捉緊母親的手，要把頭擡得高高地才能欣賞到商店櫥窗中的商品。只有坐電梯上高樓，居高臨下，才能遠眺腳下川流的人群與車輛，視線一旦不受阻擋，而且不必擡頭仰望大人的世界，那份自由自在的快樂，深刻的印在腦中，以致每到高樓，童年往事與一望無頃的歡暢之情，就全都來到眼前。

這些年住在美國，大都是校園城市，習慣了小城的生活，住處是向四面發展的平房，腳下是一畦畦任你耕耘播種的泥土。高聳的林間，有追逐嬉戲的松鼠，樹上，偶爾有停歇覓食的小鳥，久違了那市塵人聲，駐足其間，才逐漸感受到那脈搏互動的現代社會節奏。

丈夫每年都要到亞特蘭大開會，因爲只有這個南方的大城才有容納萬人開年會的大廳與會議室，以前因爲孩子小，總是跑不開，現在鳥兒全飛出去了，巢空之後，倒也自由自在。沒事綁住的時候，就跟著雲遊，尤其亞城有好友德全夫婦，又有俐俐充滿書香的世界書局，還有文友慰親在此，鄉下人進城總是特別興奮，就像小時候從中和鄉下要去臺北一樣，帶著一份玩樂的心情，去體驗城市文化，在人車相接的大街中，看形形色色的人生，當然還帶回一些俐俐推介的好書做我的精神食糧。

未等行李安頓好，就匆匆趕到中國城晚餐，這也是丈夫一路不停的趕路之故，爲的正是晚餐時間大快朵頤。剛剛坐下，看到了也是來開會的老友羅浩與何英剛兩教授，可見這份「吃在他鄉」的鄉愁，人人皆有，老友相聚，又有美味晚餐，開會之前小酌，歡樂不在話下。

夜晚的都市，燈火輝煌中，到處是閃亮的大招牌，和在家時，傍晚散步，看到一家家從窗簾曳出的溫柔燈光完全不同。住在旅館的高樓，看到夜總會喧嘩的人聲，震耳的音樂，那節奏，彷彿在誇大著都市的熱鬧；我們駐足片刻，放眼窗外，在三十八層樓的高空，確實有足不著地的虛空。

晨起，陽光跳躍在大地，不必趕路開會，又沒有責任壓肩，頓然輕如彩羽，心情愉快。站在高處，欣賞著車流與人潮，彷彿大家都在追著時間賽跑，頓然感到自己閒得罪過。

穿上球鞋，拿了地圖，走在高樓大廈交錯如林的街道，人人肩踵相接，擦身而過，目不相視，語不相通，爲的是每人心中有各自的方向和目標。站在高處，覺得人類的渺小，走在街上，又感到人與人之間的各自獨立，然而，也許正因爲這份獨立與疏離，各自才有自由的空間去奔向自己設定的行程與目標。沒有牽扯，也不帶一絲眷念。沒有人問你從哪兒來？自然也不必時時準備要回答，你往哪兒去？

百貨公司的櫥窗，佈置得美輪美奐，現代藝術，講究包裝，在大城中展露著匠心獨具的才華，不必擁有，只要欣賞，就已經享受到各行各業中互顯神通的公平競爭。所謂顯耀，正是如此，在大城中確實五花十色應接不暇。

CNN大樓排著長龍，這個自稱「城中之城」的電視臺，二十四小時播送新聞，在中東事件報導中，全世界注目，走到窗口，才知當日參觀門票已經售罄。轉身看到對面可口可樂大樓的招牌，紅得招搖，帶著一種俗得令人推辭不去的誇大，在大城中吸引了不少來自各地的遊客。是美國文化還是文明？唱歌、跳舞、快樂歡笑。雅俗之間，嚴肅與開懷之別，任君選擇。這也許正是大城的特色吧！

這些日子在大城中東逛西蕩，擠在人群中湊熱鬧，常常有不知身在何處之感，彷佛是在臺北，又像在東京，也有點像紐約或香港。喧嘩中聽得見自己心靈的獨白，熱鬧中有一份與世無爭的淡然，突然想起了大隱隱於市的句子，慢慢地，我明白了那份情懷與境界。

一九九一、八、十八、《世界日報》

瀋陽行

抵達瀋陽，已是晚上。

天空中飄著微微的細雨，還夾著早到的秋意。才八月底，這北國的夏季卻已到了尾聲。記得離開美國時，全國都在叫乾旱，北卡州的氣溫還曾高達華氏九十五度，怎麼只竟日之差，我已飛到了地球的另一端，且已暑氣全消？

披上風衣，我隨著同行的人，緩緩的走向停機坪。

這是我第一次來瀋陽，雖然，瀋陽在我心中並不陌生，它是我好友阿瑰的故鄉，從小她就同我說著遼寧的種種，我們到她家時，也聽著伯父母用遼寧口音與我們交談。大學畢業後，我在中學教書時，曾經指著地圖，告訴學生松遼平原的肥沃，此時，這些回憶全來到了我的眼前。

我們一行十多人，都是北卡州立大學農學院的教授與眷屬，由院長領隊，先生們來此開農學會議，眷屬們則是旅行觀光。行前大家全關心著氣候、飲食、風俗、習慣，要帶什麼禮物？該穿什麼衣服？……我的心思卻在另一個方向打轉，一向生長在海島，四面有山圍繞的臺北盆地，和那遼闊無垠的平原相比，該是何種感受？

黑暗中，我看不到寬闊的平原，只看著打著傘的人群，簇擁著，把我們送到旅館，雖是陰雨，卻也感受著一片盛情。

我們被安頓在友園賓館，現代化的設備，只是還帶著中國味的古樸。床上鋪著的繡花罩單，釘在被子上面，使我憶及兒時家中使用大針縫釘著的床單。床頭小茶几上擺著的暖水壺與茶葉，提醒著茶與中國文化的關係，這份細緻的情意，使我在大陸的日子，捨棄咖啡，而全用茶代替。

第二天是週末，會議尚未開始，我們全體參觀東陵。大家都興致勃勃地一大早就準備好了，不僅因爲時差未改，也因爲昨夜晚到，未及欣賞瀋陽市容，這會兒，全迫不及待的要看個究竟。

因爲時候尚早，因此得以欣賞到賓館外面喧嘩的早市。原來自從自由市場開放以來，人們在自家門口種菜種果，鈎桌巾，繡枕頭，或其他手工藝品，全可拿到自由市場販賣。在晨曦中，人聲鼎沸，討價還價，眞是熱鬧。

用過早餐，我們就上車前往東陵，這是安葬滿清努爾哈赤的陵墓。

車子穿過市街，沿途高大挺拔的白楊樹，矗立街道兩旁，爲市容增加了許多綠意。路旁一排排古老失修的房子，有住家、有商店，而大多數是開飯館的招牌。除了飲食店、麵食店外，電器與裝潢、五金等商店也不少，可見人民收入漸豐時，有了餘力可以吃吃喝喝，也有心情去裝潢佈置家裡的環境。尤其是電器行的林立，也顯示著家用電器的逐漸普及，無論如何，這確實是一個好現象。

同行的美國朋友，他們不斷的拍著照，他們拍破舊的房屋，擁擠的街頭，洶湧的人潮與自行車陣，還拍穿著開襠褲的小孩兒，拍裝著青果菜蔬與全家大小的卡車貨車……就像多年前，外國人在臺灣拍三輪車、拍街頭的垃圾……我知道我不該如此小心眼，眞實的現實遮也遮不住。但是我心中的民族尊嚴卻不聽理性的鬧著情緒。不論如何，中國的落後，也是我的心結，我多麼希望中國快快現代化，有繁榮的經濟，有富裕的民生。

雨下得不小，抵達東陵，還得打傘才能避免變成落湯雞。主人紀先生爲我們打著傘，介紹著東陵的歷史，這是當年努爾哈赤開國的園地，牆上掛著斗大的「恨」字旗，「恨」殺父之仇，「恨」異族統治……

仇恨使他勇猛善戰，仇恨也造成流血的戰爭。看著那陳舊發黃的戰旗，彷彿也看到了那沾著血腥的旗幟，我快步走向外面，深深吸入一口清新的空氣。我不忍再徘徊在歷史的傾軋之中。

陽光照耀在寬廣的山谷上。

「這就是撫順煤礦。」隨行的導遊介紹著。

一層層閃亮閃亮的頁岩，烏黑晶瑩的呈現在眼前，想起自己教初中地理時，曾經在課堂上向學生描述——

「撫順煤礦是中國第一大煤礦，煤產量三百六十萬噸，供全國能源所需……」

那時純粹是憑著想像，傳授一番。不敢相信眼前這一片露天開採的煤礦，就是聞名世界的礦產所在。

「礦坑規模東西長六公里，南北寬二公里，垂直深三百公尺，開採最終深度是四百八十公尺。」

導遊熱心的介紹著，我在心中想著，將來有機會再教中學地理歷史時，我就有了新的材料，而且是第一手的資料，想及此，趕快拍照存念。只是不知幾時這份心願才能得償。

美國朋友們對煤礦的興趣不太大，尤其是婦女們，只在牌子下拍照留念，就急急的進入販賣部，想去買禮物，尤其是煤精製成的工藝品及琥珀。琥珀聽說是由松脂經過五百八十萬年的變遷演變而成的，我手中拿著那古色古香的串珠，想著五百八十萬年的歲月，忍不住也買了兩顆小小的戒指，也許將來用這悠久時光形成的琥珀，送給我的媳婦，雖然我還不知道她們在那裡。但是在遙遠的中國北方，我曾想到她們，這也是一種情意吧！

撫順煤礦離瀋陽市五十公里，車子一路顛簸搖擺，我們幾位婦女被搖得哭笑不得，明明是柏油路，但路面破碎，有如坐在搖籃中，只好央求司機減速慢行，也因此得以看到沿途的風光，拍下了上學上班的人群。

撫順的整個城，皆與礦工生活相聯，從小學、中學到各種教育文化事業皆與煤礦有關。聽說近年來礦工的生活已大有改善，礦工每月收入約有一百四十多美元，並有醫療、養老等設備，但是整個外表的形象，仍給我一個粗陋清苦的印象，想起五年前在英國威爾斯所見，同樣是礦工的生活，他們的設備卻齊全新款，生活也有保障。在產量上，也許撫順是得天獨厚，但在人文的建設上，中國的老百姓卻有一段漫長的路途要克服，這使我坐在顛顛簸簸的車中，心情久久不能平息。

有人說過，原子彈若是能吃，中國人早就發明了。對於吃，中國人向來講究，不僅精緻，而且排場。這情況在海峽兩岸都相似，我常常面對著滿桌佳肴美食，眞有說不出的感受。

去過中國的人都有同樣的經驗——「吃得太多」。那一桌酒席，光飲料就是三種杯子——白酒、紅酒外加啤酒或汽水。食物從冷盤、熱炒、淸蒸、到紅燒……還有麵食、餃子，甚至一鴨七吃，包括鴨掌、鴨舌、鴨肝……從早晨的稀飯小菜、饅頭、花捲，加上中餐、晚宴，豐盛得驚人。但是街旁住家，個個省吃儉用，我所看到的都是一簞食、一瓢飲的生活，這豈止是天壤之別？

幾年前，我去過上海，在旅館中東逛西走，竟然坐錯電梯，一路坐到地下室的廚房，那時正是用膳時間，員工們只用一隻大鋁碗，盛著滿滿的飯，拌著湯汁，大口大口的吃得好香。中國老百姓，善良也知足，比起其他落後國家，討飯乞食，他們已心滿意足。現在看到餐桌上大量殘餘的菜肴，我覺得許多的排場，確實多餘。人民生活的安定富足，比一切殷勤的假象更叫人敬佩。中國人民普遍而言，都還健康，尤其是孩子們，面色紅潤，但是生活環境的落後，住屋街道，公共衞生的急待改進，卻不是滿桌的山珍海味，美酒佳肴可以掩蓋得住的。

瀋陽數日停留，我腦中盤踞的都是「安居樂業，國泰民安」的理想，望著廣闊的遼河平原，一路麥浪翻風的田野，我想著這富庶的土地，多少的血汗和希望播種於此。松遼平原的肥沃也構成了年收比全國平均所得多了一倍的遼寧經濟。麥庫富足，自給自足外尚可供應他省，補助不足。人民的生活，除了吃、住，應當還有計畫才是。我期待於遼寧的是安定的民生之外，教育與文化的普及。

在遼寧大學與年輕的學生見面，他們熱烈的爲心中的難題，急欲求解——

「中國的積弱不振，是否與傳統的思想有關？」

「中國人的和諧態度是眞心？還是假意？」

「中國人仍然是一片散沙嗎？」

「中國是禮儀之邦，我們的禮貌到那兒去了？」

「我們是講博愛的民族，可是到處有吵架、罵街，爲什麼？」

太多的爲什麼之後，還有私下、悄悄的探問——

「到美國學什麼比較實用？」

「美國大學比較容易讀的是那一行？」

……

我希望我能有解答，但是望著那一張張年輕的臉，我默然沈思。教育的斷層，文化的破碎，在急促的變化中。舊有的不復存在，新起的又未具成形。如何將這一片關懷國是的熱情導向理性的成熟之路，是一樁百年大計要用心血耕耘的事。在一片開放聲中，高唱外銷與設廠的經濟掛帥熱潮，不知是否有人費心思量？

晨曦中離開瀋陽，天空蔚藍，是秋日中難得的艷陽天。同行的朋友興奮的等待著下一站到北京的活動。奇怪的是，我的心情，卻出奇的沈重起來。

一九九二、十一、十八、《中華日報》

花花世界話荷蘭

抵達阿姆斯特丹是清晨七點半。

一路從亞特蘭大起飛，吃吃喝喝，轉眼之間，就到了荷蘭。比起飛回臺北近二十四小時的路程，這六小時的飛行，可確實太輕鬆了，只是歐洲比美國東岸早了六小時，這一轉眼，平白失去一個夜晚，看著機場外曉霧初昇，一副清晨寧靜的景象，馬上精神抖擻，忘了此時正是北美的午夜應該是好夢方酣之時。

機場手續簡單，不到三十分鐘，已拿到了預先租好的車子，兩人像識途老馬一般，把簡單行李往車後一放，就開始上路，直奔旅館。

九月底的荷蘭，已有秋意，路上樹葉也開始變色，尤其在清晨、冷冷清清，滿地落葉，隨著秋風飛舞，想起九年前，全家旅行，兩個青少年的兒子，精力充沛，一路笑鬧不停，如今兩人，輕車簡從，情景迥然不同。

在荷蘭開車和美國沒什麼不同，同樣是右行，比在英國時自在多了。只是荷蘭路標不注明東西南北，有時到了交叉口，該右轉或左轉全憑感覺，開了幾次，我倒覺頗合我這沒方向感的人。本來東西南北端看你所處位置而定，如果外來人不熟習美國公路單數是南北向，雙數是東西向，誰又分得清東南西北？丈夫說我「自圓其說」，對於從小受童子軍訓練，可以時時分辨方向的他，眞正不能了解何以我會那麼「笨」。

旅館不難找，只是在十字路口小小徬徨迷失了十分鐘，問一下路，馬上就找到了。荷蘭人幾乎人人通曉英語，看圖找路，「路長在嘴上」，感謝父親從小教我們的話，只要肯問，沒有找不到的地方。出外旅行，我們倆徹底實行「問路」的原則，幾乎無往不利，還多交了許多朋友。

兩人在旅館吃了一頓早午餐，已經等不及要去尋幽探勝了。以前來，因爲沒開車，所以活動範圍限於步行及火車能到之處，這次來，先租好車，無異如虎添翼，少不了要多處跑跑。

記得臨來荷蘭前，朋友再三叮嚀，不能錯過梵谷博物館，她和我一樣，對人文藝術情有獨鍾，因此，在抵達荷蘭的第一件事，就是先去參觀博物館，惟恐丈夫一頭栽到會議中，又失去了欣賞名畫的機會。

天才與瘋子之間

站在梵谷藝術館，面對著數十幅梵谷的作品，我終於明白了天才與瘋子之間，只差一線之隔。

這位一生做畫不下千幅的舉世名畫家，在三十七歲時就結束了自己的生命。自殺前一年，還因與好友也是著名畫家高更吵架，而自割下右耳，他的瘋狂與強烈的性格，彷彿也展露在他的畫作中，成爲後世藝術工作者欣賞與學習、研究的題目。

展出在畫廊的作品並不多，大約有六十幅，皆爲一八八〇年到去世時一八九〇年間十年中的作品。從畫作中很明顯的看到他十年間的轉變，從心境到畫風有明顯的差別。縱觀全部六十幅展出的作品，我彷彿看到一位寂寞、潦倒而又熱心於藝術的工作者，在大聲疾呼，急於表現他內心狂熱的情懷。

梵谷一生困苦，生前全靠他兄弟接濟，死後卻爲荷蘭賺取了無數的財富與舉世的名聲。每天從世界各地蜂擁而到的遊客，爭相欣賞他的畫作，收購他的複印作品，以及相關的書籍、手工藝品等等，可看到他爲國庫增加了多少財源收入。想起他生前的潦倒困苦，不知有多少人會爲年輕的藝術家，多盡一份心力去栽培？

水鄉澤國

「上帝造人，荷蘭人造陸」是人人皆知的荷蘭標誌。離開博物館時，時間尚早，我們決定驅車出城，到荷蘭聞名的漁村遊覽。這是一位當地的朋友極力推薦的村莊，離市區阿姆斯特丹約兩小時車程的華倫丹(VOLENDAM)，我們看了地名，就有了概念。以前讀地理時，不明白何以荷蘭的地名都有「丹」，什麼鹿特丹、阿姆斯特丹、華倫丹，原來丹(dam)，就是水壩。開車路過，有些水面高於地面，我們在華倫丹就見到不少水壩。據說荷蘭每年有計畫的塡海造地，這一個面積僅一萬五千七百平方里的國家，爲了高密度的人口，不得不用苦幹的精神，對抗自然環境，塡海爲陸，以建更多房屋給百姓居住。

華倫丹是十足的安靜小城，一排排整齊可愛的小屋，一艘艘飄游水面的漁船，與阿姆斯特丹迥然不同。一看到了那小街小巷，屋前整齊的花圃，心境隨卽平靜舒坦。這裡雖然是旅遊勝地，但氣氛與大城完全不同，坐在海邊看海港進出船隻，或進入一小吃店，享受一碗美味新鮮的魚湯，或品嘗特有風味的燻鰻，簡直是人間仙境。我們聽說華倫丹的特色除了美味的海鮮之外，還有多采多姿的鮮麗服裝，兩人也童心未泯，換上一套，扮成了假冒的華倫丹城男女，拍下了照片爲念。

花花世界

荷蘭的花是聞名世界的，很多人聽到荷蘭，立即會想到那美麗的鬱金香，以及全世界的鮮花供應地。荷蘭的花街也是聞名的，世界上不知還有那一個國家，是把花街、紅燈區，當做觀光勝地，供遊客參觀？

九年前來荷蘭，時間短促，未及欣賞美不勝收的鮮花市場，這次來，不僅花店、花街全看了，而且還花了一整天欣賞花展。

看花，本來就是賞心悅目的事，尤其是看到那麼多花，幾乎全世界的花都運來此批發。當然還有那聞名全球的鬱金香。如果有機會到阿姆斯特丹遊覽，除了星期日，每日清晨的鮮花市場，是美的回憶，千萬不能錯過。

花展也是盛事之一，通常從四月到十月間都可看到。我們捉住了最後機會，在九月底，也看到了全世界的花藝。因爲荷蘭專精園藝設計，把英、日、德、泰，甚至中國庭院都搬到荷蘭，再種植各種盆景及花卉，還有那溫室裡栽培出來的鮮花、蘭花、大理花及蔬菜。我現在才眞正體會「美不勝收」的確實意思。

和花市一樣有名的花街，就位在市中心，以前來阿姆斯特丹時，已經匆匆路過，因爲當時帶著兩個成長中的少年，我們深怕觸及那人性的污點。這次來，因爲大會安排遊覽市區，隨著導遊參觀教堂、古蹟、運河以及藝術館，然後竟然是站在一個玻璃窗口，看著那橱窗內的裸露肉體，眞眞實實上了一堂「人性寫實」課。

雖然早已風聞過荷蘭的公開賣淫，這種身處花街的感覺還是很不舒服。極盡諷刺的是，我們穿過花街，竟是爲了要參觀那古老的教堂。這座最古老的教堂，正好夾在許多紅燈戶中，外表看起來狹小的教堂，裡面卻有無數房間。佈置得古色古香外，還非常莊嚴典雅，我和朋友兩人東張西望欣賞著教堂內的古蹟與藝術，幾乎落在人後，想起聽到的高犯罪率，嚇得拔腿就跑，趕快追上同行的隊伍。雖然是大白天，卻有身處罪惡地帶的恐懼。尤其近年來毒販皆以阿姆斯特丹爲中心，因此促成了犯罪率的上升。我們開會期間，時有風聞皮包被搶的事故，令人感到今日幾乎如雷貫耳的販毒罪犯，已充斥在許多大城市的角落。據說夜晚的阿姆斯特丹，特別是在火車站附近，遊客要特別警覺，否則難免撞上壞人。不論眞相如何，聞之也不得不爲美麗的阿姆斯特丹感嘆。

國際法庭——海牙

爲了避免大城市的擁擠與嘈雜，也因爲阿姆斯特丹已經遊歷過，這次來，就捨棄那觀光客聚集的名勝，專找自己想看的地方。海牙就是我們開車特別去拜訪的城市。

許多人誤以爲海牙是荷蘭的首都，大概是因爲海牙有許多歷史與皇家古蹟，同時也是政治重鎮，世界大戰時期，國際法庭所在。每年荷蘭皇室都會來海牙國會所在地，舉行傳統的遊行。我們抵達時，荷蘭皇后剛剛離開不久。根據傳統規定在每年九月的第三個星期二舉行。對於皇家儀式，以及皇后丰采有興趣的朋友，也許可安排在此時遊覽海牙。

除了皇宮、國會、海牙許多古老的建築物都是哥德式，有些早在公元十三世紀所建築。從這些古色古香的建築中，多多少少反映出荷蘭的歷史痕跡。在歐洲國家中，荷蘭是沒有受羅馬帝國影響的國族，也屬於最沒有古老包袱的現代國家，他眞正的歷史，從十七世紀的黃金時代開始。在十七世紀以前，荷蘭曾是西班牙的領土，西班片的查理五世及菲立普二世都統治過荷蘭。也因此荷蘭境內到處可見西班牙式建築及教堂。雖然兩次世界大戰，荷蘭都是受害國，但是重建後的建築，仍保留原來的風格。走在海牙街頭，高大的樹木，整齊的樓閣，那些雕塑與石像，處處都顯出這曾經風光神氣過的王國，特別是南洋各地小島，甚至臺灣，都被荷蘭侵佔過，也因此，馬來西亞及印尼餐廳，到處都有，華僑人數也比其他歐洲國家多。

週末的海牙，沒有平日規律嚴肅的政治氣氛，公園中有嬉戲的孩子，廣場內有擺滿衣物的「假日市場」，有如美國人的車房大拍賣（舊物出售），每家都把不用的古董或衣物拿來出售，我們正巧碰到，也走了一圈，竟然發現許多可愛的古董，也吃到荷蘭風味的甜餅。

這世界眞是越來越小，走在海牙街頭，踩著滿地落葉，尤其是看著那從一八八五年就存在的古老購物中心，如今已改建得新穎而現代化，新舊之間，迅速在腦中更迭，而那些商店中的商品，在美國、在臺灣、在香港與新加坡都似曾見過。倒是從這些每家收藏的古董中，我們看到了荷蘭人的生活面。只是在迎新棄舊的現代觀念中，家中的收藏，漸漸被廉價賤賣，在週末的街頭市場，聽說可以找到不少荷蘭人珍藏的古董。

海牙附近還有許多可參觀之處，像小人國、噴水池、世界法庭等，但我眞正感到印象深刻的是那些建築物，也許因爲家中有個學建築的兒子，旅行中也念念不忘要爲他多拍些照片，收集一些資料，這就是做媽媽的一份「小情小愛」吧，旅途中，我不斷的被取笑著。

風車、木鞋與金髮美女

「荷蘭」的風車與木鞋，已經和它的鬱金香一樣，成了標誌，但是荷蘭的金髮美女，是我們兩人這次才發現的，雖然尚未做過統計調查，但是比起歐洲其他國家，荷蘭的美女特別多。她們沒有北歐婦女的高大，也不像義大利女孩的濃眉大眼，比較起來，她們嬌小而秀氣，不論是走在路上，騎著單車（大部分人的交通工具），或商店店員，那一頭金髮與一雙碧綠或藍色的眼睛，令人忍不住要多看幾眼。

我們居住的旅館和會場間，有十分鐘的路程，我喜歡安步當車，沿街欣賞風景。尤其是小小一條街，竟有好幾家花店、書店，和我最不能拒絕的甜食糕餅店。到阿姆斯特丹的第一件事，我買了一打黃玫瑰，才花美金三元，每天經過花店，都要進去聞聞花香，欣賞那花店的數百種花朵。當然，也不會忘記到咖啡小店，享受下午茶。聽聽荷蘭的店員，跟我講他們的民俗。而那些年輕的女孩，一個個長得像洋娃娃一樣可愛，住了一週，臨走還有點依依不捨呢！

這次來，和九年前大不相同的是物價昂貴，由於美金的貶值，比起一九八三年時美金的強勢，簡直天壤之別。歐洲物價高，稅金又重，已阻嚇了許多遊客，而許多紀念品，像手工藝品的風車、木鞋、小洋娃娃，很多是亞洲製造。世界的局勢在轉變，世界的經濟中心也在轉移，我們身處其中，眞正感受到這份潮流的震撼。然而心中卻忍不住有一份欣喜，亞洲人的勤勞努力，終於頭角崢嶸。

一九九三、五、十六、《中華日報》、《世界日報》

春風把我關在門外

是那輕巧叮噹的門鈴聲，把我從埋首於字裡行間的靈魂深處提回現實。匆匆跑到門口，打開大門，屋外是早春亮麗的陽光，院中有綻放的春花，正迎風招展。然而，左顧右盼，杳無人影。

會是誰呢？在這寂靜的午後來看我？走到門外，我探問著那才露春芽的合歡樹，樹木回答我以沈默不語。

未及套上鞋子的赤腳，走在院中的草地上，沁涼而舒暢。想及在臺北時，常常和妹妹爬象山，每次到了山頂，我們兩人就脫下鞋子，加入腳底踩在石子路上的人群，接受亂石的按摩。對我而言，確是折磨，久縛鞋中的雙足，竟是如此嬌嫩，常常要咬緊牙關，許久才能走完一圈。如今踩在草地上，接近泥土，沒有亂石，正與大自然親密接合中。突然，碰！一聲，大門在春風中，把我關在門外。

赤著腳，沒有帶鑰匙，在初春猶帶寒意中，也未及披上外套，我微張著嘴，對著緊閉的大門，灌滿了淘氣的春風。

第一個反射動作，打電話向丈夫求救。彷彿這已成了習慣，車子拋錨了不找修車廠，被關在門外不找開鎖匠，在問題解決之前，要先安撫我慌亂的情緒，難怪獨立能幹的朋友，要笑我「眞沒用」。

鄰居全上班去了，午後四點不到，有誰會在家守著一屋子的清靜？又有誰像我一樣，赤著腳，被頑皮的春風戲弄？

總算找到了鄰家放學的孩子，滿臉同情的把我引入客廳。我一邊撥電話，一邊聽她說：「你下次應該像我一樣把鑰匙藏在屋外祕密的地方，或乾脆掛一把在胸前。」

電話沒人接，答錄機中一大堆「廢話」，我耐心聽完，也對著話筒，一吐爲快，情緒舒放後，又不忘一再叮嚀：「早點回來，早點回來。」

看看手錶，四點不到，他一向到家的時間是六點。

還有兩個鐘頭要在屋外閒蕩，既然別無選擇，只有面對，再說春光明媚，說不定可以捕捉一些春日的色彩，聽聽蟲鳴鳥叫，或者，乾脆走到湖邊看白鵝嬉水。有時候，接受了事實，心中反倒坦然自在。

拿著向鄰家孩子借來的紙和筆；它們是我的良伴，只要有它們，即使是沒有選擇的困境，也能迴轉出極大的空間。

一路閒閒散散的走回家門，看看花、摸摸草，抬頭仰望白雲，天空，竟然亮麗得讓我好想躺在草地上與它對望，多久沒有這樣悠閒、散漫？人，爲什麼老想著和時間賽跑？如果沒有時間，不理時間，誰又在乎現在幾點？

正想在門口的臺階坐下來呢？卻看到駛向車房的墨綠色車子，怎麼可能？怎麼可能？我一路歡呼著，跑向車子，又叫又跳，「你聽到我的留言了？」心中卻納悶不到一刻鐘，他比開直升機還快。

「我在附近開會，所以就彎回來了。」

「好棒哦！」我雀躍著：「好高興你早回家。」

「爲什麼？」丈夫一臉「受寵若驚」，問著：「這樣歡喜看到我，有什麼好消息嗎？」

「因爲我被關在門外，你是救星啊！」

「哦——」好長的失望，「春風應該常常把你關在門外。」

「爲什麼？」

「因爲你才會每天這樣熱烈的歡迎我。」他說。

我搶過他手中鑰匙，在他額上親了一下：

「歡迎回家！」

啊！春天，一定是春天來了。

一九九四、四、十七、《世界日報》、《中華日報》

走向成熟的途中

——教育與書懷

童話與暴力行爲

童話中的暴力行爲，不是始於今天的電視或卡通影片，而是在有電視和卡通以前就存在了。北卡羅萊納州的杜克大學（Duke Univ.）心理醫療主任甘崔博士（Dr. Gentry）早在兩年前就提出簡短的研究報告，當時未引起廣大的注意，兩年後的今天，突然由大學新聞中心喚起了眾人的注意，而有了許多公開的討論和深入的研究。

根據甘崔博士的報告，以印度、日本、美國童話爲例，在童話中有暴力或殘暴行爲的比例，美國童話高居首位，爲日本的四倍，印度的兩倍；亦卽在所有比較的童話中，美國童話涉及暴力的比率最高；更壞的比率是，在暴力行爲中，人爲的成分最多，卽用人力親自去扼殺或摧殘爲多。這個結果使甘崔博士大爲緊張，而不得不呼籲兒童文學工作人員之注意，他說：「我們從很小就聽到有關殺人的故事，及後，也讀到有關殘暴的人類童話，但當時似懂非懂，等到及長突然驚悸到自己所聽、所讀的故事。」他又說：「眞正引起大家注意的是電視及卡通中暴力的影響，但是有關殺人的童話，或不人道的故事，更還在有電視卡通之前就存在了。」甘崔博士以「灰姑娘」（Cinderella）爲例：後母和兇悍的姐妹，把灰姑娘的衣服撕破，把她關在衣橱裡，若不是仙女的幫助，小老鼠又偷來鑰匙，她早就悶死或凍死了。但是小孩心目中的壞人，像後母及繼母姐妹有沒有什麼報應？他們除了未得王子垂青外，不也是活得好好的？小孩子從童話中學習到的是非、道德觀念不免爲之混淆不清。他認爲今日的暴力及少年犯罪雖非全由不良讀物引起，但他希望科學家及社會學家能用他的試驗報告，再做更深一步的研究，以決定有暴力行爲的童話對兒童行爲的影響。那麼卽使他的報告晚了兩年才引起人們的注意，也是值得的。

由於甘崔博士的一篇小報告，不免又引起我想到多年前我們在兒童文學課程中所提出的問題。甘崔博士是心理學家，當然看到的僅是有關心理健康的問題。事實上，這個問題，我們已經討論過，並且大致都有了一致的看法。本來，兒童文學的範圍就很廣，包括了社會、歷史、家庭，以及人與人之間的種種描繪；孩子們對外界以及週遭的認識，往往透過讀物的介紹而獲得，因此讀物的選擇對兒童的成長幫助極大。整個人類的社會，本來就是錯綜複雜的，問題是到底是給孩子們看像「愛麗絲夢遊仙境」那樣純潔無疵的童話呢？還是讓孩子們也有機會接受一些暴露社會眞象（或醜陋）的機會？

不同的意見各持不同的看法，主張隔絕醜惡來教育孩子們至善純美的教育及社會學家，希望用陶冶、柔和的方法，在性格上使兒童不致有暴戾或是侵略性；他們認爲暴露太多武力或眞實的故事，會使兒童在性格上傾向報復、過分自衞而忽略別人，而終致引起暴力行爲。上述的甘崔博士，卽屬此類。但持反對論者認爲，成長就是一件必須面對現實的教育，過多的保護或過多的掩飾，終將造成孩子成長後未能面對現實以及脆弱的性格，以致不能適應周圍的環境，而失敗或潦倒一生。

兩派的主張，各有其存在的據點。但兒童文學家們，已從其中尋出一折衷的結論，亦卽中國人的過猶不及論。太多的保護或太多的暴露社會醜陋，都不是好的童話材料，卽使像家喩戶曉的「白雪公主」，亦有其狠心惡毒的後母，我們要不要讓孩子讀呢？孩子們要同情白雪公主，又要詛咒後母；在眞實的社會中，不見得後母全是狠心，但至少讓他們也察覺到，人是不一樣的。父母愛你，但不會人人都似父母一般保護你、疼愛你。

我們不能蒙蔽孩子，使他們對周遭的環境一無所知。生長在溫室中或象牙塔裡，都不會有健康正常的人格發展，甘崔博士的憂心固然有理，我們也不必悲觀的就不准孩子們看童話了。封閉孩子們的心境，其結果更糟。我們其實不該怪罪「灰姑娘」或「白雪公主」或任何有暴力行爲的童話，許多事的形成，完全非一夕一朝所造成。我們要指出的，或許只是這些童話已經不合時代，或因時代背景的差異，而不適合傳誦。作品的本身，並不應該受到非議的。就是中國古代的二十四孝，如今唸來給孩子們聽，他們不是瞪眼，就是搖頭；父母只好跟著時代，選一些適合孩子們生活、文化背景的讀物，不要老囿於古代「名著」而不放手，因此新的童話，新的兒童文學作品之產生，是非常需要的。我們有一朝一夕要教育孩子，就不能不給他們有接觸兒童文學的機會，童話、民間故事、或詩歌，都是很重要的社會科學，可以幫助孩子認識生活環境，拓展他們的胸襟。我以爲適度的讓孩子認識他所處的社會環境是必須的，只是，我們要認清自己的社會文化背景；西方的文明，美國的童話，並非一定是最好的。我們應該學習的是他們發掘問題、勇於研究改進的精神，而不是去翻印或抄襲他們的作品。每一個文化有每一個文化的特色，今日兒童文學所急於充實的就是不同文化的特色和背景。美國的出版商及教育工作者已認清了這種需求，多種文化的刺激，對兒童成長的需要。我們的兒童文學，正在茁長發展中，除了觀摩西方發展的情形外，更要保持我們自己文化的特色才好。

從甘崔博士的報告，而引起了兒童文學工作者及教師、圖書館員的注意，是一件可喜的現象，但，美國並沒有因此禁止「灰姑娘」或其他有關暴力行爲的童話之發行。雖然，近年來的暴力行爲及社會秩序大不如前，不僅是少年犯罪，即使是成人虐待幼童的行爲也層出不窮，而不得不成立「兒童保護中心」，這些現象都和整個社會制度有關。一個文明發展到了極至，難免有極端的行爲出現，所以精神的寄託及追求是必須的。文學的發展，可以平衡人們日常生活中的緊張和壓力，兒童文學也擔負著同樣的任務。由美國今日的問題，給了我們一個警惕，我們也許不會有他們那樣嚴重的問題發生，但是在兒童文學方面，我們似乎也該好好的重新整理出我們自己的一套兒童讀物了。

也許有人會提出問題，美國童話不能看了嗎？當然不是，美國不僅沒禁止，而且童話及兒童書籍的發行仍很蓬勃。在結論未找出前，他們是不會有任何行動的，即使眞正發現了不良童話對行爲的影響，其他童話的存在仍是必須的，總不能因噎廢食。更何況我們教育孩子，最重要的是如何去判斷和抉擇，而不是教他們去模仿和盲從，這點是很重要的。

一九九二、夏、《中國時報》

老師您好

小時候，曾經想當幼稚園老師。因爲幼稚園老師，每天又唱歌、又跳舞，多麼快樂！可惜後來因爲發現自己跳舞時不夠活潑，而打消了這個念頭。

中學時玩「碟仙」，那時大家流行在中午飯後，圍著一張畫著格子與數字的紙，用一隻碟子問來問去。有一天中午飯後，同學們又在算命，我走近探看，她們捉起了我的手，按在碟子上，問碟仙：

「碟仙，碟仙，這個人將來有幾個孩子?」

碟仙轉來轉去，最後停在「十二」上面。

「十二個孩子！哇，可以組一隊籃球隊了。」我那群死黨笑得前仰後合。我心裡當然明白，是他們做的好事，知道我喜歡孩子，因此故意如此推來推去，推到「十二」上頭。

幼稚園老師沒當成，孩子也只生了兩個，倒是大學畢業後，教了兩年中學，和十幾歲的小毛頭，成天打成一片，那是我最快樂的時光，雖然不能唱遊，卻也充滿青春的朝氣，至今想及，仍懷念不已。

出國後，學了成人教育，好像離幼稚園越來越遠了。其實，卻也不盡然。成人教育包括了一歲到一百歲的成長教育，我們的目標是：「活到老，學到老」。只是，我教的都是成人，當然這些成人中，包括了從事幼教的工作人員，因爲親子教育、家庭教育，都是成人教育中很重要的一環。心中仍然覺得，與心中的夢還是連在一起。

去年，光佑幼教公司的負責人——陳素月小姐，來信問我，她們組成了臺灣幼兒教育訪問團，想來美東訪問，不知是否可爲她們安排在北卡州的行程？「因爲有您在北卡州，大家都想去。」她信上如此推崇我，使我更加義不容辭，爲她們奔走、聯繫，最後安排了三個機構，包括了公私立幼兒園及學術機構與政府單位。

今年四月，他們二十多位幼稚園、托兒所的園、所長終於成行，如期抵達北卡州的首府洛麗城。

記得那天是四月初的晚上，北卡州異乎尋常的冷。我建議她們四月來，原本是想「顯耀」北卡州多采多姿的春天，北卡州向有「上帝的故鄉」之美喻，因爲那蔚藍的晴空，若不是上帝獨鍾，何以總是如此亮麗？尤其在春天時，百花齊放，藍天白雲綠樹，每天晴空萬里，怎不令人傾倒？如今，接了飛機，看到她們一個個縮著脖子，不勝寒意，心中好生歉疚，只好祈禱老天，第二天會暖和些。

第二天，氣溫果然回昇，太陽探出了頭。經過一夜休息，每位園所長都精神抖擻，也許是從事幼教的關係，他們的臉上都帶著自然的眞摯誠意，一看到我，齊聲歡呼：「簡老師早！」

這一聲簡老師早，像一位久違了的好友，暖暖的把我包圍，幾乎又喚醒了我心底蟄居的舊夢，煞時間，我好像又年輕起來了。

我們先參觀此間沙氏（SAS）公司所經營的幼兒所。這一個由私人公司所創辦的幼兒所及幼稚園，在美國幼教界相當出名，尤其是許多大公司，都有意仿傚，因爲專收從出生六週到學前的幼兒，使許多有幼兒的員工，常捨高薪，而選沙氏公司的工作。而這個福利，更使員工安心工作，變動率極低，因爲每天與孩子同進同出，中間還可與孩子共進午餐，甚至餵乳，使母親不致因工作，而失去懷抱幼兒、親自授乳的機會。對於親子關係可說大有助益。

我們一間間參觀著他們的生活環境，那一塵不染的育嬰房，那師生比率極低的教室，圖書室、餐廳、還有那配合孩子身高的小馬桶及飲水器，好可愛、好可愛。為了尊重孩子，我們只准靜靜地看，不能擅自攝影及進教室。隨時隨地，我們都看到那從小就培養、注重的個別差異與權利。「我們也朝這個方向努力，」每位園所長都一致認為「人格的發展，要從小培養」，而幼兒時期更是不容忽略。愛彌兒幼兒園的園長高秀娟老師，更以那中英對照的簡介，與帶領我們參觀的吉伯兒女士分享。她創校園旨，正是培養人格。令吉伯兒女士大為欣賞。創世紀的范魯蓉老師也很自信的向我展示她的天地，「我們也和他們一樣注重環境衛生，而且是小班制，師生間都很親近。」

第二天，我們參觀北卡州立大學剛成立不久的托兒所，這是由教育學院的專任幼教主任布朗教授所策劃設計而成。布朗教授五十出頭，正是我們成人教育所推崇，「活到老，學到老」的楷模。她一生從幼教老師做起，到現在專任培植幼教的教授，幾十年來，始終與幼教連在一起。她利用業餘及寒暑假期間，前幾年才完成了博士學位，所以實際經驗與學術理念兼俱。那天，她因腿疾開刀不久，撐著拐杖，與大家圍坐討論有關幼教的發展及推廣，如何成立幼兒園，如何培養改善師資等等共同關心的話題。雖然隔著國別，隔著語言，但是，所注重的卻是同一的理念——給孩子快樂的童年。這也是宇宙間共同的心願。

參觀北卡州大的幼兒園，使許多園所長大大的鬆口氣，正想在加州創立幼兒園的楊老師說：「這些資料及訊息太可貴了。」布朗教授還答應她，替她介紹當地幼教界的人士，使她大感不虛此行。而執教師專的劉教授，正好可與布朗教授交換一些教學心得。同行的園所長們同聲讚賞這富有人情味的托兒所，與他們的園地很相像。

參觀了公私立托兒所之後，我們也與州政府的幼教單位聯繫，接受他們的茶會招待及專題討論會。本來因爲係春假期間，公立學校放假，但爲了臺灣來的貴賓，他們特別安排一個座談會，讓主管幼教工作的專門人員，介紹他們的工作範圍，特別是家庭與親子關係的教育，這正好是成人教育所推廣的範圍。而更令人感動的是，她們親自烤焙了美味可口的蛋糕，使這一個教育座談會，增加了許多溫馨的人情味。

親子教育是幼教中非常重要的一環。事實上，整個下午的座談中，也佔了極大部分在這方面的介紹及討論。不論聯邦或州際政府，都有專案推廣這方面的教育。我們俗語：「上樑不正下樑歪」，正是一語道出父母對兒女的重大影響。父母若沒有正確的知識，如何能教養出正常健康的兒童？父母沒有正常的休閒活動，又如何能培養出重視閱讀的孩子？僅止閱讀一項，就已看出父母對兒女的影響，家中沒有書報、雜誌、閱讀習慣的父母，兒女普遍閱讀能力較差。眼前有與兒女分享閱讀習慣的父母，親子關係較密切。所以在經費的分配上，政府有專案及特別經費來推廣家庭與親子關係的教育。尤其對中學未畢業，中途輟學，而又識字不多的父母，更需要特別的輔導。這也使我們國內來的幼教工作者，產生了許多的共鳴與感想。在她們多年的教學經驗中，也希望政府能大力推廣家庭與親子教育。畢竟，學前，甚至學齡的兒童，與家庭的關係是非常密切。這責任也不應全部旁落於別人身上。

除了正式的參觀、座談之外，這二十多位園所長還抽空採購，他們到書店中，搜集有關幼兒方面的書籍，我又特別爲他們安排了專門賣教學教具的商店，使大家滿載而歸。在短暫匆促的行程中，范老師還一再的想回去多買一些教具帶回去，她的心中，大概總是念念不忘她園內的孩子們吧！

三天的行程，緊湊而忙碌，但是仍然不忘帶他們去參觀北卡美麗的杜克花園。臨別，在舍下小聚，討論我們參觀的心得。大家席地而坐。竟是如此的賓至如歸，每人談及觀感及經驗，都有一分共同爲孩子創造快樂童年的愛心。這二十多位致力於幼教的工作者，她們有私人企業所創辦的托兒所，和沙氏公司一樣，也是由公司爲員工的福利而設，這次由全興公司派出來的陳、謝兩位老師，認眞學習，也提出了她們創辦中的經驗與問題，可見國內亦在行有餘力時，大企業家也注意到親子關係的重要。這確實是可喜的現象。

當我們席地而坐，圍成一圈討論時，我看到大家專注的表情，我也想到兒時，「排排坐，吃果果」的幼稚園生活。許許多多兒時的點滴，無形中都成了今日生活的依憑。母親從小教給我們的待人接物的禮儀，幼稚園中，老師要我們相親相愛的簡單道理，都根深柢固的留在腦裡，成了行爲的根據，我不知道，誰能忘記自己的童年。

誰又能忘記今日相聚？討論結束之後，他們送我一張每個人簽名的謝卡。上面有精彩的文字，是將我所有著作的書名，串連而成的詞句——多麼富有創意的謝詞：

親愛的簡老師：

為了所有的孩子「他們只有一個童年」我們知道「愛與成長」需要用「愛・生活與學習」來灌溉。

我們遠渡重洋，搭著「九路公車」來找尋「奇妙的紫貝殼」。

而北卡這三天，「地上的雲」與「簡宛隨筆」感受很深。

這一切的一切，令人「欲語還休」。讓我們「且慢相思」。謝謝老師。

看著那簽著密密麻麻名字的謝卡，我幾乎忍不住淚流滿面，二十多年來，在國外，什麼樣的場面沒見過？但是這種感動，這份由衷的感懷，震撼著我的心弦。兒童是未來國家的主人翁。我們的幼稚園教育，正肩負著重要的使命。我何等歡悅，在北卡州的小居，迎接到幼教工作者，分享熱忱情懷，也參與了她們滿心對幼兒教育的期待。我們傳統教育中尊師重道的理念，仍深植我們心中。我不僅敬佩他們從事幼教的精神，也為我們的下一代，衷心感謝。讓我在此，表達我由衷的謝忱——謝謝您們。也向所有致力於幼兒教育工作的老師，問候一聲：「老師您好」。讓我們一起為我們的下一代，創造一個快樂的童年。希望我們的社會永遠保存尊師重道的價值觀念。

一九九二、八、二十四、《中央日報》

知行合一

——成人教育的推廣

北卡州立大學國際推廣教育教授卡特博士，應國內社教司之邀，將於七月底至八月初在臺訪問一週。此事之促成歸功於師範大學社教系黃富順教授及卡特教授的得意門生黃麗勳小姐之努力。當卡特教授告訴我此消息時，做爲一名成人教育的推廣者，我衷心感到興奮，尤其此時此際，國內最需要的適應社會轉型之道，正是成人推廣教育。希望藉由卡特教授的訪臺，使成人教育的工作者，多年來默默爲社會服務的精神，得到社會大眾的肯定。

成人教育不同於一般正規的學校教育。它不拘形式，也不受限於學位或文憑，由於成人的學習，來自於本身的興趣與需要，所以更能自動自發，提昇自我內在的潛能，也因此更能得到心靈的滿足。

美國目前成人教育極爲普遍，不僅是知識性及專業化的研討會，更推廣到人生素養的層面，使忙碌的現代人，可以鬆散身心，改進生活內涵，進而達到精神生活的富足。目前在各大小城市、社區學校中都有由成人教育推廣策劃的各種課程。也是針對著大眾的需求及專業訓練的需要而設。對於工業化的社會，把休閒活動融入提昇自己的精神內涵，成人教育正是配合現代人的需要，而成爲現代人業餘之後的重要活動。

不久前曾拜讀到臺北市社會局長白秀雄先生談到我國的老人教育，長青學苑的許多活動，針對著老年人退休之後的需要，也爲我們的社會增加了許多學習的樂趣及溫馨的回憶。

我曾於卡特教授離美訪臺之前，詢及如何推廣臺灣的成人教育。當然，每個社會的模型不同，所需也有異，卡特教授曾幫助馬來西亞推廣成人教育，對於臺灣，他將於瞭解實際狀況及需要之後，才能有具體的計畫，但是，毫無疑問的，成人推廣教育將使更多的民眾，獲得專業的訓練，得到生活技藝的培養，各人才藝嗜好的開發，尤其是潛能的發揮，使現代人活得更充實而快樂。

我們的社會在經濟繁榮之後，各種現代化的建築及設備，美輪美奐，傲視世界各國，但是硬體之後的軟體設計，則有賴於社會教育的補充。錦繡其外，而空泛其中，不免有虛有其表之憾，成人教育也許可以適時給予我們生活的層面加以拓展，也給予內涵。

卡特教授曾有一專文報導，題目是「心靈與行動的一致」，提到理論與實踐的相互配合，推廣教育正是使一些理念付諸實行的實際行動，終使我想起了王陽明先生的「知行合一」理念。只能坐而言，不能起而行，一切的理念不免流於空談，成人推廣教育正是使我們把理想確實的付諸實行，讓我們的社會更成熟、更完美。

除了與社教專業人員座談之外，卡特教授在臺期間亦將參觀由洪簡靜惠女士主持的文經學苑及教育中心，有關在臺期間對外公開演說，請與師大社教系黃富順教授聯絡，希望經由卡特教授的訪臺，使國內的成人教育加速成長。我在海外深深祝福。

一九九一、一、八、《中央日報》

爲下一代鋪路

每年的母親節，洛麗城的中文學校與華美協會都合辦一個野餐聚會，這已經成了十幾年來的傳統，每次參加的人數很多，大人小孩歡聚一堂，頗爲熱鬧。

今年的母親節，照例有一場兩代，甚至三代的歡聚，每家扶老攜幼，在春光明媚的公園中烤肉唱歌，其樂融融。只是不同於往年的是，今年除了野餐外，又多了幾場孩子們的歌舞表演，以及舊金山市長候選人謝國翔先生與青少年談天、華人助選募款的活動。

不久前，此間中文學校校長方定雄先生，邀請我與家長們談談中文教育與親子關係。方校長是有心人，與一批年輕朋友，把中文學校發展得有條有理，與十四年前，我和幾位朋友創辦時的情況，已非同日可語。看到年輕的父母，爲著孩子們學習中文，用心良苦，精神令人感動。海外傳薪，讓孩子們能保持中華語文與傳統，幾乎是每一位父母的心願。然而，這份心願的實現，除了中文學校外，還必須使中文教學成爲公立學校中的必修課，這樣孩子們的學習動機才能夠加強，並且持久。每一位父母都有同樣的隱憂，孩子一上了中學，到了青少年時期，就抗拒上中文學校，這問題除了把中文教學與美國生活相配合外，學校中若有中文選讀，更能促進中文教學的發展。要中文成爲選讀課程，必須要有人熱心參與教育活動，學區中的教育委員、政策顧問、政府官員，若是沒有華人參與，沒有人力爭，何年何月中文才能與歐洲語系相提並論？其他有關法規商務也是如此。

華人參政的例子不多，但是並非不可能，有人有心出來競選，我們身爲華裔，都應該全力支持樂觀其成。有才幹、有理想、有熱情的人肯出來爲華人爭光，我們都感到與有榮焉。

我們的教育一向不鼓勵談論政治，參與活動，久而久之，變成了政治冷感症。我自己以及我們這一代的人多少有這種傾向。然而在美國，一切情勢都不是我們當年可比，我們的下一代，大多在美國出生或成長，在自由民主的教育培養下，他們的個性見解獨立，不容許別人牽著鼻子走。我們這一代的人，多多少少有些忍讓的傳統，因爲自古已然，許多事不爭不吵，雖是古訓，有時不免姑息養奸。下一代在美成長，可不認爲自己該忍該讓，他們若學不會站起來爲自己爭取權益，又有誰會呢？而這個國家又是什麼都要爭要取的。

謝先生與青少年談話，短短一小時，卻中肯而平實，處處顯出他的誠懇關心公務的精神。孩子們專心傾聽，也舉手發問，更顯出下一代積極肯定的態度。我常常從下一代的行為中，得到許多安慰，長江後浪推前浪，下一代的態度，令人鼓舞。私心裡，我總相信，熱情的人不會寂寞。希望從我們這一代開始，慢慢地把中國人是一盤散沙的形象消除，好好地為下一代鋪路，用我們的熱心和經驗，凝聚成一股力量，共同在新大陸，落地生根，蔚然成樹。

一九九一、夏、《中央日報》

書，是最好的朋友

朋友送來了一本新書，要我與她一起分享；她在首頁上寫著：「書是最好的朋友，永久的朋友」。這些年來，她總是在看到好書時，想到我，也總不忘買一本送我，並不特別爲什麼，只是一份情誼。巧的是，她每次送來時，都是我的生日──陰曆的生日。已經有好幾年都是如此巧合。

這不免使我回憶起了學生時代的往事；

我從小愛看書，和妹妹靜惠兩人，在當年沒有什麼兒童書的歲月中，才初識一些字就成了租書店中的常客。寒暑假中，更是包月的把書店中的書看遍。上中學時，特別愛上那白底黑字、設計素淨的西洋文學名著系列。可是在有限的零用錢裡，要買一本書也是要存積一段時日，所以在愛不釋手中，總是在放學路上，經過重慶南路時，在書店中徘徊一陣，小看一段。上了高中，好朋友間都知道我這個嗜好，於是生日時，就以書贈我。在我少女時代中，沒有梳妝臺，沒有花俏衣服，但卻用省下的錢，買了一個精巧而有玻璃門的書櫃，裡面全是我心愛的書。想著年輕的歡樂時光，這一櫃子的書，就全跳到眼前。

今年中華民國全美書展，首次在亞特蘭大舉行，我應邀參加，又有好友瑪玲同行，身處那擺滿精選圖書的大廳中，我彷彿又回到了那一片書香的世界裡。出國二十多年，許多場面也見識過了，但這麼壯觀的書展，卻是第一次。離開亞城那天，俐俐送了我一袋書，德全心沚請我上「桃樓」吃午餐，在那號稱全世界最高水平點上，瑪玲歡呼，「這眞是登高祝壽」啊！可不是，這天正是我陽曆生日呢！更使我想起當年與好友們偷偷溜出校門吃牛肉麵的情景。

說起書，在今天這樣忙碌、快速步調的現代生活中，看書的人口，當然不能和電影、電視、錄影帶相提並論。但是令人難以置信的是，根據世界書局的張靜濤總經理觀察所云，一點不受影響，兩種嗜好，兩種人口。看書與看錄影帶的人，互不影響，顯然，手捧一書，坐讀臥想，或甚至「三更有夢書當枕」，欣賞文字中那一份沈靜和獨處之樂的人，仍然不少。

我也有一個實際的例子，今年與幾位朋友籌組一個以書會友的聚會時，也有朋友好心的潑著冷水，「不要期望會有很多人參加」。我心中也有所準備，「人多固然好，卽使只有兩人，如果眞正是愛書的同好，也不妨；兩人正好促膝談心。」結果，籌備會時，參加的人就有數十名，明春正式成立時，猜想會有更多的人參加。我總覺得，讀書是很私己的事，旣不必爲了面子去捧場，也不能登高一呼——大家來看書。但是在閱讀、沈思之間，自然有一份與人分享，與人討論的雅興，卽使不說話，靜靜地聽，也是一種享受。知道我們都愛書，知道有一位好友，永久的好友，在這大千世界中，就是一份貼心的溫暖。就像我們握筆舒懷的寫作者一樣，用心寫，知道有人共鳴，就是一份有力的鼓舞。

窗外，節慶的氣氛正濃，才過了感恩節，卻已處處裝滿了聖誕花飾；商店中，人山人海；廣告中，全是五光十色的商品。這些年來，我已經在這一片趕集聲中悟出了一點自處之道——以書傳情，以書贈友，旣不必趕、也不必急。同樣是愛的表示，選一本好書，送給好友，不僅可以共享，還可以討論。我拿起了朋友送我的書閱讀——

「書，是最好的朋友，永久的朋友。」

不論世界如何變化，如何轉換，人，怎能沒有朋友呢！

我沈入了書香裡，暫時忘卻了現實世界中的匆忙與追趕。

一九九二、一、二、《世界日報》

走向成熟的途中

「教育是讓人有能力去聆聽所有不同的意見，而仍能保持心平氣和與自我信念。」

這一句話，一直是我的座右銘，也只有經由教育才會使我們趨於成熟明理的境界。

處在今天這樣一個多彩多姿的世界，每個人都有各自的想法與見解，我們既不願做一名唯唯諾諾的應聲蟲，也不能期望別人的意見想法會與我們如出一轍。在各自的不同中，不必一定要求相同，但求相互的包容與尊重。

在國外多年，熱心做事的華人到處皆有，但是熱心奉獻之後，心灰意懶者更比比皆是。細察此中因緣，許多是因既定的觀念，限制了共同做事、拓展胸襟的機會。也有些是小言小語傷到了彼此感情。一切美好的計畫、遠景，往往在因個人的氣度，相互的包容不夠，而跨越不出局限，許多社團，因此枯萎早謝，無疾而終。

由於傳統的觀念與教育的模式，使我們凡事要求完美與和諧的境界，缺少面對錯誤與衝突的訓練，也使許多可以公開討論，甚至辯論的話題，仍未發揮，就隱沒消失。有話不說，有意見不敢陳述，大概是人際間最大的阻礙。這也許是因從小怕說錯話，「多說多錯，不說不錯」心理使然。有時候也有因爲非敵卽友、非友卽敵的採取靠邊的心理之故。其實，有些事未必黑白分明，也不能驟下定論。意氣用事，多少缺乏了成熟明理的氣度。

這些日子，參加了一些活動，深切感到中西最大的不同在於國人不敢直接表達自已的心意，凡事投鼠忌器的轉彎抹角，給予人在溝通上一種不清楚、模稜兩可的誤導。其實，對問題有想法、有思考的人，往往也較有意見，不論是否意見一致，能說出來，實在比那些有話不說，埋在肚內，然後背後批評、指責，甚至說悄悄話的人可愛，也更具建設性得多。

背後批評或說悄悄話、打小報告的人，心態上有著孩童時期的閉塞，若不能跨出這個自限，也許永遠不能面對衝突，當然也無法在有不同意見時，能平心靜氣的與人討論。

不能面對衝突，不能心平氣和討論，造成了壓抑的心理。心中的怨氣，於是變成了壞情緒。影響了自己與人相處的關係，牢騷滿腹而且不滿現實。由於不敢在大衆場合公開討論，轉而成私下批評責罵，或告狀、訴苦。由於沒有公開討論的約束力，有時更肆意放縱自己的想像力，而扭曲了事實，在背後造成負面的傷害。

告狀、訴苦或背後的批評，往往包含著「下對上」需求被保護、被照顧的心理。像小孩子一般，「我要告訴老師。」「我跟爸爸媽媽說哦！」帶著威脅與恐嚇，多多少少也把委屈寄望於「長輩」代申訴與解決的依賴情愫。

依賴的情愫，是另一個阻止成長而享有獨立人格的障礙。有時也因依賴過度，而造成了頹喪的心情。因爲依賴成性，許多事不能自己解決（或不敢自己解決），必須去找尋一個保護者來代出主意。如果保護者不能如願給予照顧或徧袒，那麼委屈與頹喪的情愫就會產生。在公司中，在主管與部屬中，這種上對下的封建思想，仍然主宰著某些人的行爲，在人際間，這現象更普遍。

依賴與頹喪的心理，有如雙生兒，是相互影響的。由於不敢表達自己的感覺，呑忍與委屈的情愫造成了心理不平衡。因心理失去平衡，不免用否定與消極的態度去看事，於是尖酸與刻薄的言詞也因此出現，這樣不僅有失自己成熟明理的風度，也限制了自己拓展長進的機會。

「解鈴還靠繫鈴人」，每個人成長的途中，都難免有許多負面的阻力，要能明白自己的心路歷程，才能丟棄不成熟的童稚心態。能捨棄心理上陰暗的障礙，才能有空間留給自己拓展成長。我們從小最恨告狀、打小報告的人，我們也討厭那背後訴苦、埋怨的聲音。每個人心中都有一份熱情、一份爲人服務的關心，這份熱情與關心，需要更多的肯定與鼓勵，而不是背後的批評與挑剔。也許從我們自己開始，學著包容的氣度、學著面對異見時，可以申訴自己意見與想法而不動肝火。也唯有靠自己拋開了那沈重的包袱，才能長大成熟，才能有共事的快樂。

一九九三、春、《世界日報》

孩子的心事

你可能有萬貫家產，
你也可能有金銀珠寶，
可是你沒有我值得驕傲，
因為我的媽媽，
常常跟我唸故事，講笑話。

（錄自《美國人最愛讀的詩選》）
From *Best Loved Poems of American People*

這是一首歌誦「琅琅書聲」的小詩，描寫著父母爲孩子讀書、講故事的快樂，那種快樂，卽使萬貫家產，金銀財寶也抵不上。

當電視越來越普及，現代人的生活越來越忙碌的時候，這首詩的意義，也將有更多的共鳴。

有那一個孩子不愛聽故事呢？

但是，是不是每一個孩子都能享受到被父母摟在身旁，聆聽故事的快樂？在大家都忙著生活的現代社會並不容易。

語言，是父母與兒女間情感的橋梁，它使孩子海闊天空的遨遊、幻想；它也使孩子的情緒和困擾，得到安撫與宣洩。

我記得在一本書上讀到過一則眞實故事，「有一位在小學執教的老師，談起她班上的一個一年級女生佩絲。這個小女孩一點也不想學讀書認字，老師教她，她也毫無反應，一直到後來，老師才發現這個祕密——小佩絲告訴老師，她其實早就會讀故事，也認得許多字，但是因爲她是四個孩子中的老大，她怕如果讓媽媽知道了她會讀書，媽媽就再也不會每晚臨睡前唸故事給她聽，反而要她唸給弟弟妹妹們聽，或自己看童話書了。

『爲了想和媽媽親近，我只好繼續假裝不會讀書認字。』佩絲說。

幸好，做母親的，再三肯定要一直在睡前唸故事給她聽，才使佩絲的閱讀能力展露出來，她當然也成了班上的閱讀高手，語言的天份也超越同年齡的孩子。」

唸故事給孩子聽，不僅啓發孩子的興趣，幫助他們情緒和想像力的發展，並且也增進了語言能力。我們都知道孩子在十一歲以前，在語言的能力發展上，像海綿一樣吸收著一切聽來的語言，並模仿著一切學來的字彙。如果他們吸收的對象，只限於電視或同伴間，他們的發展自然受限。這些電視語言，大多是俚語或普通街頭巷尾的俗語，和兒童文學上的用字遣詞大不相同，在字彙的收集上，在個人表達能力的發展上，唸書給孩子們聽，自然大有幫助。

根據兒童身心的發展——他們需要關懷與被愛，他們這種需求都是先從自身的需要，再慢慢擴及人際與社會。所以他們成長的方向大都與童年的生活經驗相關。名教育學家卡爾羅傑(C. Rogers)曾說過：「孩子們的好奇心、想像力，他們急欲求知，求解的心是熱切的，但不幸的是學校教育有時會抹殺了他們內在的熱切期望。」也因此，經由一個愉快的經驗，譬如閱讀兒童文學作品，會給孩子一些伸舒心中疑惑，找尋問題解答，甚至海闊天空自由想像的機會。

也許每個父母都有這樣的經驗，常常看到自已的孩子，手捧圖畫書，廢寢忘食、把自己完全投入書中，明理的父母，也許會想，他那麼愛書，就爲他選幾本好書吧！偶而也隨著孩子一起讀讀說說，兩代之間有了共同的快樂，也建立了共同閱讀的習慣。但是有些父母可不依，尤其到了升學的年齡，總以爲看閒書沒好處（功利的思想），從書中又學不到什麼，於是禁止孩子看課本以外的東西。

許多父母常常說跟孩子越來越沒有話說，不知孩子們到底在想什麼？尤其到了青少年，兩代之間的溝通完全斷絕，這眞是難免的現象，孩子的生活中，讀的，想的，甚至聽的，看的，父母若全然不知，如何能引起相互交談的動機？孩子看的書，聽的音樂，交的朋友……盤據了他們的心，要瞭解孩子的心事，當然要從與孩子談心開始，如果從小習慣跟孩子讀故事書，談談彼此的讀後感，從小聽聽孩子心中的感受，長大後，自然也習慣了這種彼此的分享與溝通，從這種分享與溝通中，自然建立了穩固的心橋。

跟孩子唸故事書，跟孩子共享閱讀的樂趣，是一份美好而難忘的記憶，也是促成兩代之間親情的動力，在越來越忙的現代生活中，在孩子們被催促著長大獨立的世界裡，我想，每個孩子心中都有一個願望，希望每晚都能被爸爸或媽媽摟在懷中聽故事。只有幾年時間，他們就長大了，他們的世界，由自我、家庭，而擴展至學校、社會，有時，轉眼之間，父母完全不瞭解，不認識自己的孩子，不知他們心中想些什麼？如果從小與孩子接近，孩子的心事，自然可以與父母分享。在價値觀念與思想、行爲等的發展上，兩代之間也就有了許多共通與交換的訊息。

這也是我一直感到值得去保留的家庭傳統。

一九九〇、美國《大家雜誌》

試[illegible]一[illegible]。

一〇、美國《大眾科學》

捨近求遠

——讀史坦寧女士新著《從內心革命》有感

她依然美麗，然而歲月在她臉上刻劃了太多的風霜，當我讀到她寫自己十多年來，未曾一個星期安安靜靜在家而不必旅行演說時，我心中充滿了對她的同情，這樣的奔波勞碌，她付出了多少的青春？多少的代價？

她是婦運的倡導者之一——葛羅麗亞・史坦寧女士（G. Steinem），從六十年代到九十年代，三十年的疾聲厲呼，爭平權、求解放、辦雜誌、寫專欄、到處演說呼喊婦女解放，如今三十年的歲月流逝，她的新書《從內心革命》（*Revolution From Within*）正名列《紐約時報》暢銷榜首，花了一個週末的時間，我把全書看完，掩卷之餘，我看著書的封面那張照片，眞是有無限感嘆。

老實說，這本書令我頗爲失望，在這全長三百五十頁的書中，了無新意。我雖不是婦運擁護者，但讀過史坦寧女士的一些專欄著作，頗欣賞她的一些哲理與見解，譬如她曾寫過的一篇有關快樂的小文，提到快樂必須來自內心的滿足，被肯定接納的自尊，我也有同感。事不分巨細，成就不分大小，做一道好菜與畫一幅好畫，或裁製一件衣服一樣，都是一種滿足。然而，在這本書中，她說了許多故事，女人的奮鬥與成長，自我的解放與學習，點點滴滴從反抗中獲得的成就……我一邊讀一邊想，這些例子固然可取，但其實不必付出那麼大的代價也可得到。史坦寧女士自己，以及書中的許多主人翁的掙扎故事，是不是太堅持「自己」？史坦寧本人，顯然是個性極強的人，她時時不忘「我」，時時要「影響」別人。多多少少帶著一份「自我陶醉」的情愫。以前讀她短文並不覺得，因爲沒有連貫起來，如今在厚厚一本三百多頁的書中，她的智慧反而被她的好強淹沒了。

上個月《華盛頓郵報》的專欄作家莎麗・昆尼（S. Quinn）曾經提到婦女運動倡導者沒有說眞心話，欺騙了許多婦女，她甚至稱她們爲僞善者。我當時讀了，覺得她言詞過重，然而卻也不失幾分眞實。因爲事實上，許多婦女，對愛情，對婚姻，對家庭生活、養兒育女都心嚮往之，卽使追求事業，學有專精，事有所成，也未必一定要排斥婚姻生活或家庭幸福。卽使對愛情，對婚姻，對兒女沒興趣的女人，也不必非要與男人對立。我想婦運者的令人詬病之處，莫過於把男人列爲「對手」或「敵人」，當兩性可以相愛相悅時，這份敵意無疑的扼殺了所有人性中原可以美滿和諧的兩性關係。

女權運動的功過，自有歷史專家寫下見證，我不擬在此討論，就這本書而言，作者舉了《咆哮山莊》與《簡愛》、《傲慢與偏見》等文學名著中男女的關係爲例子，顯示她自己對文學的喜好與愛情的看法。令我訝異的是，年過五十的她，仍然有這種小女孩的情懷，是不是也因爲她心中一直有一小塊愛情的拼圖，始終沒有縫合？

本書一共分爲七章，在第一章到第五章中，作者談到許多自我內在的肯定與尊重，學習與參與的快樂，幾乎大半部的書中，都是與自我成長有關，她雖然舉了不少婦女的例子，事實上，也適用於一般的男女。只是這些例子，對於學教育的人看來，眞的也是非常淺顯的道理，如果爲此，許多婦女因而要用「離家出走」或「離婚」去體驗，則代價確實太大。

値得一提的是作者對自我內心的坦誠與瞭解，她提到自己童年因父母離異所懷的心情，憂心忡忡之外，又擔心同學取笑，時時掛念食宿問題、經濟壓力……雖然童年的記憶已遙遠，卻刻骨銘心的在她腦中，是不是這一份不安全的心理作用，使她必須時時要求外在的肯定來安撫內心的恐懼？

不可否認，這些年來，男女平權，同工同酬以及墮胎合法化等等問題，已引起社會大眾的注意，我想在扶助受欺壓的女性而言，史坦寧女士確實做了許多的奉獻。每一運動的背面，必然有其動機與理念，也免不了相隨而來的後遺症，是禍是福，每個人都要愼思熟慮，有所抉擇，而不是一窩蜂的追隨盲從。

作者在書首頁有一句話「你一直在追尋的，其實早已擁有。」是不是經過了三十年的奔走與示威遊行，史坦寧自己也筋疲力倦了？或是她終於領悟了那追尋，爭取的東西，原來是在她自己心裡？如果心中有愛，愛將從心而生。如果找尋的是自尊，自尊其實就在心裡。

一九九二、三、八、《世界日報》

讀書是爲自己

朋友知道了我在籌辦書友會，有許多不同的反應，當然熱烈支持的都是我的好友，幾位文友還自掏腰包，自己出旅費來響應，但是也有朋友對我說：

「這年頭，誰來讀書？」言下頗爲悲觀。

也有人說：

「我們最怕讀書報告。」學生時代的陰影還籠罩心裡。

更有人當頭潑下一桶冷水：

「這個時候辦書友會，眞是雞蛋碰石頭。」我明白她的意思，看書怎麼有看錄影帶有趣，書敵不過錄影帶。

我倒未必如此悲觀，雖然我也並非全然不識時務。

以前的人讀書，總愛說：「書中自有黃金屋，書中自有顏如玉。」讀書是有這種幻覺上的滿足。

現代人比較務實，覺得金屋美女並非存在書中，而且也並非人人皆嚮往同一美夢，現代生活，物質不缺，安居樂業，夫妻相輔相成，誰要虛幻的美女金屋？

拋開封建的讀書價值觀，讀書其實是爲自己。不論男女老少，每個人心中都有一個角落，容納一些自己喜愛的知識，包括愛情故事、歷史掌故、宗教哲理，或人生探討、勵志文粹等等，在開卷翻閱之際，自有一份人書相會，心平氣和的境界，這是一種無聲的幸福與滿足感。

錄影帶與錄音帶盛行之後，書的市場好像受到了打擊。人們對新興的娛樂難免趨之若鶩，何況忙碌的生活，不用腦筋的消遣，可以紓解工作上的壓力，偶而爲之，有何不可？現代的社會是一個多元化的社會，各種生活方式、嗜好與興趣任人自由選擇。

何況，讀書是爲自己心中的一份渴望，一份時時在運轉而不曾停歇的思維活動。這個活動，使我們保持心靈的清新活躍，也使我們心如活泉，不致老化而與時代脫節。

不久前曾讀到一篇報導是有關腦部細胞的神經組織，科學家把研究結果提出，確實證明人的大腦必須運用才會靈活，雖然腦細胞會因年紀大而衰退，但卻會因活動而密佈，像樹的枝椏一樣不斷的分出新枝。得老人癡呆症者，和老年人的腦部不同，前者是因病而完全喪失腦力，後者則只要不使腦筋停頓，事實上到九十歲都能腦筋清楚，九十歲以後腦筋確實會衰退停歇。

這篇在科學雜誌上發表的論文，是用不同組的年齡大腦分析而得的結論，使我印象深刻。而讀這篇報導之際，也使我聯想到許多握筆寫作不息的作家，上了年紀之後，仍然耳聰目明之外，見解精闢，立論不凡，人生的境界寬廣溫厚。譬如蘇雪林女士、琦君女士、思果先生等文壇老將，都是最好的證明，愛讀書者亦然。

身體需要運動，以保持筋骨的靈活，頭腦也需要運動，以保持思維的活潑，有人用打麻將、橋牌來運用腦筋，那未嘗不是一種頭腦運動。但是在輸贏中，有情緒高低的激盪，有人的心臟受不了這種刺激，有人用腦過度，打完橋牌會睡不著覺，我想，唯有讀書是最好的腦部運動，心領神會之際，不會有失眠之虞，反而有拓展身心領域，坐擁書城之樂。尤其睡前一卷在握，「三更有夢書當枕」，夢中都是書香遍處的桃花源。

不論朋友讚賞我舉辦書友會的精神，或嘲弄我的「雞蛋碰石頭」的不識時務，我都淡然處之。讀書是為自己，我只是多了一份分享之心，喜歡與朋友共享讀書之樂，把我的作家好友，與喜歡文學的同好建立善緣，若是因此而養成了讀書思考的習慣，保持腦筋靈活，何嘗不是一大收穫？世界上又多了許多長青不老的朋友。

書友會不是一個政黨或社交團體，不需要一呼百應以人數取勝，我們期待的只是一份真心誠意，對文學與生活的熱愛。感謝琦君、思果、張天心、劉安諾、吳玲瑤與韓秀的響應，專程來洛麗小城與文友座談，也感謝我的好友瑪玲、淑美、芝環、如瑋與美英、惠容，在忙碌的日程中，給予我的鼎力相助，在此一併致謝。

一九九二、三、十四、《世界日報》

以人爲本位？以事爲優先？

——設計成人教育教材的經驗分享

學成人教育的人，在設計課程與工作坊（work shop）時，都會有七個W出現，那就是人、時、地等之抉擇：Who, What, Why, When, Where, How, What for。

通常在設計教材與方式時，我們都把「人」的因素列在首位，參加的人是什麼背景？什麼需要？什麼動機等等先決條件，然後再一步步做設計與教案之定奪。

這次我們在設計「國際教材與教學」時，有了一個小小的爭論。

參加這個研討會的人員，都是從事成人推廣教育者，而且大多有國際工作的需要，也就是針對國際交流，或到國外教學，或主持國際性工作坊等工作需要，所以參加的人，不僅有美國人，也有非洲人與亞洲人，我們定期討論，也交換工作心得。有時也請專家演講。

在這次的講演之後，主講者請大家分成小組設計一個小型教案時，我們之中有一組，有了異議。

當所有的人都把「Who」列爲第一優先考慮時，有一位參與者強調把「Why」事因，列爲主題，優先考慮。

「如果沒有原因，只有考慮參加的人之需求，那怎麼能解決事情？」她的理由。

「如果沒有考慮到人的因素，如果不把參加的人，他們的需求、背景，弄清楚，設計出來的教材，牛頭不對馬嘴，誰來參加？」大家的看法。所謂大家，就是在美國住久了，受過美國教育的薰陶與影響的人，這也包括了我的設計在內。

大家爭論不休時，把眼光轉向我。「妳怎麼說？」

他們向我詢問，是因爲持反對以「人」爲先決考慮的設計人，是一位從伊朗來的教育工作者，她習慣先談「事」才談「人」，也就是在設計教材時，先以事情爲出發點，再考慮參加者的背景，把「人」列爲次要。

「不然，什麼時候才能解決事情？如果大家都先考慮到每個人的需要，人人不同，我們什麼事也做不成！」她激動的說。

「我以前也有這個困擾。」既然大家問我，我也就說出我的經驗：「我在開始設計教材時，總是先把 Why 放在 Who 之前，因爲在我成長的經驗中，總是『犧牲小我，完成大我』，在此，小我就是個人，大我就是事情，大家的事情。」

「但是效果如何呢？」有人問我。

「效果確實不盡理想，因爲以事情爲本位時，有時會忽略了參與者的興趣、學習背景、瞭解程度等，就以成人識字教學來說，如果只顧到教成人識字，而忽略了參加者的程度、個別需求、學習動機、個人經驗等等，而只一心要教好，教多，急於把事情圓滿解決，到頭來不免事倍功半，弄得心灰意懶，因爲參加的人越來越少，甚至沒有人要參加。」我說完，看著大家的反應。

那個口才極好的伊朗女孩，深深的看了我一眼後說：「我同意妳有妳的觀點，但是我要想一想，現在還不能同意妳把人放在優先的設計教法。」

「妳不必同意，」我安慰她。「有時候人文與國情也是安排教材的重要因素。美國的教育方式未必符合東方社會，但是做爲參考不妨，至少在事情行不通或不如理想時，妳明白不是能力的問題，而是設計教材時的疏忽，我們教育工作者，能時時想到人，把學習者列入考慮，這也是對參加學習者的一個尊重。」

「活到老，學到老」，我們從教學相長中，也是不斷地學習，時時的充實自己。

一九九四、夏、《成人教育雙月刊》

金色年代

——社會與感懷

人文之旅

——參加人文座談會有感

這是第二次去休士頓。

第一次是去年七月，在休士頓舉行的北美科技研討會，由許倬雲教授召集的「人文座談會」，由於每次的科技研討會都是討論硬綳綳的問題，許老師於是有了一個構想，希望由我們從事人文工作的人來主持這一方面的討論，所以由我邀請了喻麗清、琦君與雷戊白三位女士，從人文與自然、文學及工作的範圍中，探討生活的內涵，我自己也以家的組曲，來強調家庭生活之重要，結果反應良好，我因此也得以認識了許多同行與同好，並且從座談會中，學到了許多別人的寶貴經驗。

今年四月，譚家瑜女士又從休士頓打來了長途電話，問我是否可以再去參加座談會，談談生活的品質。我是一個喜歡與人分享喜樂，共同討論心中理念的人，她的誠懇與熱心，大大地說動了我，尤其剛從一場生死病中，康復過來，多麼急切的想去擁抱這可愛的生命及可愛的朋友們。去年的經驗，給了我一個深刻而難忘的印象。於是，很爽快的答應了下來。

休士頓地大城大，各種建築物也是以大氣派聳立於大地之上，也許是空間的大，連帶著人的心胸也大。看著各行各業的專業人材，同心協力的辦事精神，眞是叫我這個從小城去的人羨慕。北卡的洛麗城其實並不小，是屬於中型城市，有華人近千，有中文學校一所，有華美協會會員百餘人，也有著名的三角研究園區，三所大學之外，十餘所大學及工藝學院，但是比起休士頓，近十萬的華裔及越南僑胞、中國城、僑教中心，還有十二所中文學校，這麼多聚集的人材，僅華文報紙就有十份以上，推動各種活動，自然得心應手，這是其他中小型城市，望塵莫及的優厚條件。

人文精神的提昇，近些年來，已爲多數有心人士所深切關懷。由於科技的高度發達，造成了生活的衝擊，人與人之間的疏離感，功利思想的盛行，不僅環境汚染問題增加，人類精神的汚染也因此波及，有機會讓大家坐下來，思考這一問題，討論生活的內涵，確實是明智之舉。

座談會由劉牧黎先生、朱秀娟女士及我三人主持，並有臺視的田文仲先生參與討論，所以在內容及討論的範圍上，涵蓋甚廣。由於在人際關係及兒女的教養上，我深信「尊重」的重要，教育兒女我也本著愛的教育，以尊重兒女的意見，相互討論、溝通爲主，這是爲人的根本原則，正好與朱女士的論點相左，她快人快語，絕對主張「打」的哲學——「棒子底下出孝子」。我們倆人的看法，正好爲座談會拓展了討論的範圍，見仁見智各有不同，也因此展開了不同的意見交流。傳統與西化，權威與尊重，各有各的優點與短處，我個人比較喜歡中西合璧，不強調極端而能相輔相成的方式。我相信，民主社會的優點是，人人有伸舒己見的自由，各人也有選擇與自己意見及生活方式相近的自由，也因此，公開討論，互相溝通，明理抉擇，才成爲現代人最重要的生活條件。

參加座談會的有心人士，都是對生活品質、人文精神有過深思，並重視生活內容的人。最令我高興的是，大家都有一個共識及思慮——

經濟繁榮後，我們生活的內容是什麼？

物質的享受？還是精神的充實？空調、冰箱、電氣化之後，人類內在的依藉是什麼？

人與人之間的交往、溝通，親人之間、家庭的關係、相互的尊重，要如何建立？

文學、美術、音樂，我們一向所追求的眞、善、美境界，是否因生活高度工業化而受影響？

生活中，大大小小的問題，是我們現代人每天要面對的挑戰，有時候，往往爲問題所困，而煩惱、生氣，但是我們若能冷靜的面對問題，把它當做一個人生必須經歷的課題，去尋找解決之道，並用一份平常心，去處理解決，也許生活的壓力就不會那麼沈重。

也許我是一個十足的理想主義者，我喜歡有理想、有夢境的人生。生活再多變，時代再轉移，我總深信人與人之間有一條暖流相通，有一份信念關懷存在。這一份關懷與信念，就是我們人文精神存在的依藉。若批評科技的發達，沒有為人類生活帶來福利，是不公平的偏狹之見，正如相信科技一定會解決一切人生問題的迷信一樣，有失公允，我們只要不失一份赤子之心，常保清新靈活的思考，不為物質所役，能享受精神的自如，那麼生活的領域，自然也不為現實所限，而人文的精神也就在這份相互關懷、互相尊重中，滋生成長。

教育家巴士卡力博士曾說過：「生命是一條河流，你可以加入任何東西，使河流清新，使生命豐盈。也可以任其枯竭滯流。」一個人如果沒有自省之心，生命也將失去明確的方向，那麼再多的科技發展，再富庶的經濟成果，又能為人類帶來什麼福祉？

在暮色中離開休士頓，從機窗俯視，高樓大廈、花型公路盡入眼底，高度科技的發展，使人類享受了文明與方便，但是因為有了一份關懷，這些方便與享受，才能呈現意義。休士頓，也因為曾經聚集了這麼多有心人士共處一堂，討論問題，在我記憶中，除了大城市的風貌外，更多了一份記憶。這也是一個難忘的人文之旅。

一九八八、七、二十四、《中央日報》

走向文學的途中

離開紐約，正是黃昏。

暮色中，看著腳下逐漸遠去的燈火，紐約繁華如昔，然而環顧機艙內，寥寥可數的乘客，使我立即想到經濟消退，商業不景氣的預測與警語。現實，是這樣連接而密切的與我們的思維縫合在一起，以至於思考行為，彷彿與之寸步不能脫離。這兩天來，在文學討論會中，與文友共處一堂的歡欣，與同好互相討論的舒暢，一時間全化成了強而有力的十個字——「文學已經不再受人重視」了。

現代人的生活中，眞的不再需要文學了嗎？

我倒不認爲如此。

許多人眼中的文學，是粉雕玉琢的奢侈品，抽象而細緻，是被供奉在象牙塔內的藝術品。果眞如此，文學自然是遠離人群，脫離現實，我們生活中，又有多少人能享受得起這份奢侈？然而，文學若是與生活相聯，與社會百姓同在，描寫眾生，接近人心，一份詩心，一點文情，卻是我們忙碌的現代生活中，不可或缺的滋養。不論讀之、寫之、接近文學、心靈上自然有一份如浸甘露、如沐春雨的清明與舒暢。有時生活中的煩瑣與紛擾，也會在文學的洗禮中，沖淡，甚至消失。

是這份信念，使我相信人類不論多麼忙碌，世界多麼現實，文學在生活中，是永遠被需要的。然而，現代人越來越現實卻是不爭的事實。凡事以金錢衡量，處處以功利算計，一篇稿子值多少錢，讀書寫作有多少收入？文字印成書之後能否暢銷？……出版界用金錢衡量一切出書的標準，在商言商，也不能厚非，沒有顏色的作品自然失色，金錢的價值觀念一旦涵蓋了一切，變成了主宰，又有誰肯爲文學再去嘔心瀝血的奉獻與煎熬？

有一位文友曾經問我：「如果你必須爲生活奔波，你還有心情寫作嗎？」

我默然不語，不是我承認他的論調，而是我感受到他語中的無奈。

多少有才華有理想的作家，放下了手中的筆，因爲找到了比寫作更好的收入，有人爲了生活，也有人爲了不甘於那創作的煎熬與寂寞，紛紛改行。北美華人作家協會在此時成立，除了讓作者可以互相學習鼓勵外，也讓彼此有相助相識的機會。

其實現實與理想永遠存著差距，這差距也不是今天才開始，也許因為現實生活中的磨練，才顯出文學作品中的深度。柳宗元在寂寞中，寫出動人的遊記，白居易在傷懷中，有美麗的詩歌，環境的影響，使作者在敏銳的感受中，用筆端透露真切的心曲。我自己出國二十多年，在異鄉的歲月，若不是想家念國的情懷，時時撥動心弦，這十多本書的出版，也是不可能。只是這些年來，早年的愁緒經過了成長與磨練，已昇華成了一份坦蕩與豁然，如今回首，再不是悲傷，而是感謝，看到自己的摸索與成長，幸喜曾經用筆寫下寂寞，記錄成長。

每個人的生活中，有不同的先後次序，有人追求金錢，有人看重享受，有人喜好功名，有人但求快樂。文字的魅力，在於那深厚中感人的力量，越是忙碌，越有需要。因為感官的享受達不到心靈深處，金錢的擁有，有時是短暫的快樂。對於我自己，寫作給予我的正是一種生活與文學的平衡作用——生活中有文學，會使忙碌卻枯燥的生活有了新的境界；文學裡有生活，會使抽象的文字更接近人生。

也許我們該強調的文學，是多向發展的文學，而不是只限於象牙塔內、學院派中、或局限一隅的鄉土文學或邊緣文學。文學應該有海闊天空的領域，劃分疆界，只有局限文學的成長，而不會使之蔚然成蔭的。

總聽到人說，文學的殿堂高不可及，文學的路途寂寞又狹窄。那樣的殿堂誰去攀登？那樣的路途誰要彳亍獨行？時代在變遷，世界在縮小，每人脈搏互動相關，結伴合作同行，可以促成許多事業發展，作家協會的成立，正好提供了筆耕者相互鼓勵與支持的機會。也希望給予許多有才華有理想、默默耕耘的作者，更多保障，使我們心無旁貸的專心寫作。

一九九二、春、《世界日報》

作家的風格

——看英國書獎有感

爲英國出版界及作家所注目的著作獎（Booker Prize）已於十月底在倫敦揭曉，由百件作品中，先圈選六名入圍，再由六名著作中，產生了今年的得主——南非作家柯茲（J. M. Coetzee）的政治小說《麥克・K的一生》（*Life and Time of Michael K*），獎金一萬英鎊（約合一萬五千美金）。

這一個爲作家及出版界極力爭取的著作獎，不僅因爲獎金高，也因爲影響力大，從六名入圍作品公佈後，早已成爲熱門話題，在得獎作品公佈前，進入前六名的作品，也因此暢銷，有的且進入了暢銷書首位而大發利市了呢！

根據出版界調查報告，一九八二年的著作獎《思奈德之舟》（*Schneider's Ark*）精裝本已賣出十萬冊，平裝本也售出三十萬本，即使是前年（一九八一年）的得獎作品——

《午夜之子》(*Midnight's Children*) 在賣出四萬精裝本，二十五萬平裝本之後，至今銷路仍保持不衰之勢，若非得獎，有人猜測，大約只是四千本左右的銷售量，前後差距，難以相比，難怪作家、出版家趨之若騖了。

近年來，隨著工商業繁榮進步，出版界也成了企業化的工商組織，尤其是英文寫作世界，出版家早已是手執牛耳，腳跨大西洋兩岸，成爲英美作家之主宰者。作家成了手按字鍵，努力生產的勞工階級，這之間，難免有了分配不均，或利害衝突的勞資糾紛，作家也成了沈默的大多數，「有心」的作家，本著一貫作風，執守著自己的寫作理想，「聰明」的作家，也認清了現實，一心迎合出版家的利益口味，因此，爲文學作品，或是爲廣大讀者、社會而寫作的作家，遠不如爲迎合出版商的希求或投合大眾品味而創作的作家多。

難怪在頒獎典禮中，身爲評審委員之一，也是作家的韋頓女士（Fay Weldom），在對著兩百多名來賓的演說中，挺身而出，大肆攻擊出版商的見利忘「藝」，忘了文學的眞正意義與本質，忘了作家的人格與風格，「作家像一塊原料，任由出版商論斤稱兩，拿出去交易、牟利，」她說。在對著滿室的出版家、書評家、作家及書商、貴賓等等聽眾中，她言詞銳利，一針見血，她說：

「你們（出版家）操縱一切，書出版了，還向作家邀功，瞧，你多幸運，我們爲你出版了書。」

「作家寫了一、二章書，得先給出版家過目，出版商說：『嗯，不好，這個背景已經不吃香了。』或『太沈悶，要露骨大膽些……』作家必須拿回去重新改寫，一直到迎合出版商的口味爲止……」

「我們是在爲出版商寫書嗎？」

「我們得到多少應得的尊重？」

韋頓女士的怨氣，不是無的放矢，她指出了英美出版界的「商業氣」和「銅臭味」。文學反映社會，文學提昇精神領域的想法，在英國許多作家中仍存在，他們仍有自我期許，追求理想的理念。美國出版界，每年不知製造了多少暢銷書文學，製造了多少百萬富翁，好像仍有不少人甘之如飴，大爲陶醉，今年暢銷小說《花邊》（*Lace*）的作者，康瑞女士，名利雙收之外，又賣了電影版權，誰還管文學的價值，誰還會去反問檢討。

這使我想起了今年諾貝爾醫學及生物獎得主麥克林桃（Barbara McClinto）女士的故事。她獨自潛心研究了遺傳基因移動性（Transposability）達四十年之久，居住在冷泉港沒有電話，沒有助手的自我創造世界中，一種對科學的執著與信念，數十年如一日，比起今日學界的大集團，大勢力，用先聲奪人或聲勢浩大來做學問的作風，麥克林桃女士，無疑的，是科學界的眞正藝術家，她爲雕製一件珍品，而付出了全部的精神與心血，得獎與否對她並不重要，事實上，得獎的消息她是從收音機中聽到，在沒有電視也沒有電話的生活中，連要訪問她的記者都頗費了一番心思。

比起麥克林桃女士的境界，韋頓女士的怨氣顯得俗氣多了，但是，人是社會的動物，作家的生活是嘔心瀝血的心靈創作，若是如此，又遭受被欺壓、剝削之苦，心中不平之氣，難免要衝口而出，我倒是挺同情韋頓女士的心境。

一九八三、十二、三十一、《中央日報》

臺北書市的聯想

六月間回了一趟臺北。

這些年來，幾乎年年都有祖國行，我的美國朋友曾經笑問：「你們除了去臺灣，可還想過到別處旅行？」我當時不服氣，舉了許多遊歷過的名山大川，歐洲、美國的各大名勝表示我們的寬廣心懷。但是仔細一想，確實去遠東的次數比任何地方頻繁。來美國二十多年，一直住在東岸，早聽說西部的風景雄偉壯麗，卻一直未能暢遊，也是因爲對故鄉的情有獨鍾吧！

六月的臺北，暑氣逼人，到處是人山人海，我仍然煞有其事的天天出門，除了一些私事處理，臺北的書店留下我許多足跡。

臺北的書店和我們做學生時已大不相同，那些逛書店的記憶雖然不遠，但不陌生。這些年，每年回家，每次都會去回味一番，有一次金石堂書店請我去演講，就在重慶南路書店的樓上，看著那些琳瑯滿目的書籍，還有咖啡座、唱片、手工藝品的販賣部門，想起當年與好友攜手同逛書店，站著看了大半部《戰爭與和平》才存夠錢買書的往事，我的情緒一下子激盪不已。我們的社會是在進步，而且繁榮富裕得讓人應接不暇。

和我們做學生時唯一沒有改變的是看書的人群，永遠是那一張張年輕、熱情的臉，那背著書包、圍在書架旁專注閱讀的眼神。問過和我們同年齡的中年朋友，最近出版的好書？除了作家朋友比較熟悉讀書狀況外，許多人都說：「報紙都看不完了，那有時間看書。」

當然，不是中年人不讀書，而是各人有各人忙碌的世界，而好書，也是美不勝收，見仁見智，各人有各自的喜好。這是出版界的好現象。以前只有文學類受到注意，現在有非文學類、旅遊、健康、投資、戶外、環保……多采多姿，令人目不暇視，恨不得全部買來享受。這種刺激購買慾的注重包裝與行銷術，在文化事業中，也充分展露。

暢銷書的排行，是書市的新特色，有競爭才有進步，這是人人皆知的事實。但是一本好書的醞釀創作，有時是急不得的事。翻譯一本好書，當然比創作一本好書快，特別是在美國已經成了暢銷榜上的書，更是國內爭相引介的對象。難怪亦步亦趨，動作之快，令人咋舌。有時候從外面太陽光下走入書店，看到一排排洋化的書店，與標榜自我的書籍，尤其是婚姻、家庭、兒女教養等等有關心理學方面的譯作，以爲是站在美國書店。本擬買回一些國內有關家庭結構方面的書籍帶回美國做參考，竟然寥寥可數，而且年代久遠，不能代表近代思潮。

美國的文化，有值得我們參考的地方，也有與我們格格不入之處。就以追求快樂一事爲例，美國人好像是全地球上最不快樂的人，他們對於這一方面的書籍，滿坑滿谷，「快樂何處找？」、「女人與頹喪」、「自己找快樂」……如果不去細細研究他們文化的因源，而悉數翻譯，就有削足適履之憾，對於婚姻教養兒女系列亦然。

由於美國的歷史短，早期開墾的精神，養成了征服一切的信心，如果快樂是美國人的夢想，那麼得到快樂就是目標，這之中簡單直接，像一個小孩子一樣，我想吃糖，我就去把糖拿來吃（或搶來吃），至於吃了之後的後遺症，或吃之前的方法，有時不是其他不同文化的人能接受的道理。

文化對於每個人的影響很大，歐洲人對快樂的定義可能和美國人大異其趣，東方人與美國人亦不能相提並論。法國人對快樂與否遠不如美國人熱心，美食和好酒可能在法國人的心目中更重要。對中國人而言，安居樂業、過一份安定的生活最實在。談快樂，談幸福，遠比嘴上講的深遠，那麼，一切美式的快樂之道、幸福方式，怎麼能依樣畫葫蘆，全盤照單全收？

對婚姻的觀念也是如此，美國婦女最關心的可能是「丈夫不開口說話」，最近暢銷榜上的一本書《你不了解——男女對話》就是以男女談話爲例，其中不乏膚淺與可笑之處，不同文化不同語言的人，若因其暢銷也全盤吸收，就貽笑大方了。婚姻，在文化深遠的國家，不僅是兩人同心協力的基礎，也是共同開墾的園地。歐洲人把婚姻關係當做社交、經濟的中心，東方人也許更注重兒女、家庭的堡壘，婚姻除了兩人的說不說話外，其實還有更深的意義，如果因爲在排行榜上列名，我們也去湊熱鬧一窩蜂翻譯，就有欠思考了。

我們都明白「十年樹木，百年樹人」的教育原理，許多事，不是立竿見影，一蹴可及，而須潛移默化，經過歲月的洗鍊才得。書和文字的影響，雖不若音響電視那麼直接快速，卻更深厚寬廣。在商言商，生意人有其賺錢的目的。書市也可能發財，但不能把發財列入優先目標，以免混淆耳目，欺騙讀者。每個人，不論從事何業，都有其心中的理念，也是値得自豪之處。這個理念，在文化事業、出版行業中，應該不是錢的光彩，而是人的尊嚴。我想我們從事寫作與翻譯的人，都有一份共識，在握筆抒懷或文化傳播的途徑中，我們都秉持一份虔誠的心，維護我們心中的理念，畢竟這世界，除了金錢之外，還有更多看不見的存在意義。

一九九二、一、一《中央日報》

巢空的婦女如何自處？

每當走在校園裡，我就有一份很深的感動。

這是一所女子大學，以人文教育及商學爲主，很傳統的教育著女性充實自己的內涵，發展自己的潛能及興趣。近年來，由於婦女重新加入工作行列，也有許多課程是專爲做慣了家庭主婦後，想再進修的婦女而設的。

活到老，學到老，是現代人必須要不斷提醒自己的生活態度。世界如此急劇的變化著，稍一疏懶，立即有跟不上時代的感覺。這個感覺久而久之會形成一個堅硬的殼子，把自己包住，於是狹窄、自憫、自憐之情，代替了開朗、積極的態度。人最怕的不是年歲的增加，而是對生活的失望。哀莫大於心死，生活到成了無所事事，不免自問，「活著做什麼？」若答案是消極的「等著生命的結束」，該是多麼可悲！

有人說，巢空的婦女最難堪，孩子大了，不再需要母親的扶持和照顧。我卻覺得，婦女到了這時，可以自由選擇自己的嗜好去發揮。爲了照顧年幼的孩子，不免犧牲，許多理想、夢想曾經被推得遠遠地，如今，有了時間、有了閒情，若是不必爲生活愁苦，不正是可以好好享受學習的快樂？學琴、學畫、討論文學、選讀名著……，世界突然開闊許多。即使不爲了怡情養性，而又想重新加入工作的行列，琳瑯滿目的新知課程，也讓人恨不得全部選讀。譬如法律、財政、電腦、行政、心理輔導等等，甚至一些小小的迷你課程、理財須知、如何投資、室內設計……應有盡有；只要不把自己困在自怨自艾中，學習的快樂，只有身處其中的人，才能體會。

不教課的日子，我多半用學習把自己的生活塞得滿滿地，我喜歡那份由無知到認知的探討過程！尤其看到那麼多婦女，堅強的站起來，帶著笑容面對生活時，眞覺得那是人間最美好的圖畫。

有一位大學未畢業就結婚的婦女，在二十年後又回校選課，完成了文學士學位。

也有一位年輕的母親，當兩個孩子皆上學之後，又回校學習音樂課程，因爲那是她心中存在的夢。

另外還有一位一心爲家奉獻，卻遭婚變的婦女，在一場惡夢中驚醒，發現自己一無所長後，重新調理自己的生活，拿到了會計師執照。

不管男女是否該合校，不論男女是否平等？這一些被討論爭論許久的問題，其實並不重要，重要的是男女兩性都要不斷的充實自己，改善自己，把自己的短處缺點在不斷的學習中修補改進，讓自己在生活中活得充實自在。

自我學習，其實也是一項最好的投資，只是現代人一談到投資，立即想到置產購屋，甚至股票買賣。其實金錢之外，世界是很寬廣的，一個人，一旦認定了一個錢字，他的世界也就只縮小到那金字旁邊，兩把刀子的「錢」字上了。

現代人每個人多多少少要懂得一些投資的道理，但是這個投資，不止限於金錢的處理與交易，而是對自己內在的發掘與開採，對自己胸襟的開拓。心胸能夠寬廣，才不會被生活中的瑣事、閒愁困擾。

對於孩子皆已上學，正徘徊在十字路口的婦女，也許學習的快樂是一條可行的路，先充實好自己，再談其他。別的投資，未必連本帶利滿載而歸，對自己這一項投資我卻可肯定百無一失，值得一試。

一九八九、三、八、《世界日報》

金色年代

我一向對數目反應遲鈍，但是有些數目卻可讓人澄清腦中的觀念，而對事物有一新的看法。昨天與教育系專教「老年教育」的格勒斯教授見面，談及老年人的問題，他給了我一些數目資料，我覺得非常有用，尤其對關心老年教育，甚至是自己未來生活的每一個人，都值得注意——

一、全美的老年人口（六十五歲以上）目前是百分之十一，即二千八百萬，比一九八〇年間的二千五百萬增加了三百萬人，十年之間增加率爲百分之十，六十歲以下的人口只增加百分之二。

二、二十世紀開始時，老年人口約爲三百一十萬，到了二十一世紀（公元二〇〇〇年時）將增加至每百人中，即有二十五位老年人，約佔全人口的四分之一。

三、一九〇〇年時，人類的平均年齡是四十七歲，到了一九八五年，七十八歲是女性的平均年齡，男士也可有七十一・八歲的壽命，且有越來越長的趨勢。四十七歲已不是老年，而是很年輕的壯年人了。

四、根據一九八〇年的人口普查報告，每天有二十八個人慶祝一百歲的生日，有五百個人，變成六十五歲（指美國）。

五、全美有百分之五的人口住在養老院，百分之八十三的人是與配偶同住，百分之六十七的人與家人同住。這個數目可能對一般人心目中美國老人皆住在養老院渡過晚年的觀念，有些出入，也可澄清老年人皆孤獨無依的想法。

年齡決定於自己的腦中，看得開，想得遠，生活自然愉快而輕鬆。

有人新稱，退休後的生活，爲「金色年代」，金色是因爲成熟及成就，是人生的豐收季節，一份可以隨心所欲安排及支配的生活方式。迥異於以往灰暗孤單的寫照，當然，如果您酷愛灰色，把自己拘束在灰暗的角落，孤獨埋怨，那也是別人干涉不了的事。

我跟格勒斯教授說，「將來七十歲是社會的中堅份子了。」

「就是啊！你要好好準備，歡迎隨時來上我的課。」這位我當年的指導教授親切的說：「我已經迫不及待要去享受我的金色年代，等著退休後，好好寫書、釣魚、打球……，我眞等不及呢！」

但願我自己到了他的年齡時也能如此豁達、快樂，我要好好向他學習哩。

一九九三、春、《中央日報》

活到老學到老

今天此間《觀察報》（*News and Observer*）發表了杜克大學（Duke）的科學研究報告，一群用菓蠅做爲研究對象的科學家，發現了從菓蠅的研究中找到人類壽命將延長到八十五歲以後的證明。在未來的二十一世紀開始前，八十五歲已經不是年齡的上限，很可能增加十歲、二十歲，活到一百歲將不再是件稀奇的事。

「當然，這並不表示人類可以活到九百九十九歲。」杜克大學的維培博士（Dr J. Vaudet）說，「這只是證明人類的年齡可以延長。」

古代暴君秦始皇要找長生不老的仙丹，現代科技證明活到一百歲指日可待。事實上，從本世紀初開始，人類的平均年齡才四十七歲，到今日的八十五歲，幾乎增加了一倍。到了二十一世紀，一百歲，甚至一百歲以上，已是人人可得的長壽目標。這當然是醫學進步的結果。

但是，長壽是否就帶來了人類的幸福？這多出來的十年、二十年，可以是人類的福音，也可能成爲人類的威脅。這兩者的差別，端看社會制度的配合，人類心理的準備。否則這多出來的生命，愁、苦、煩、病，反而加倍痛苦，又有何樂趣可言？

以前在老人學的課程上，教授曾提到未來世界每四人中就有一人是六十五歲長者。那是十多年前的調查報告。一九八三年，我旅居英國時，也收集了一些資料，回美國後，著手撰寫而成的《愛與成長》（遠流出版）正是針對著年齡的問題，以及心理建設而寫的書籍。

這一年來，我不斷看到國內成人教育受到重視的訊息，尤其是《中央日報》的〈成人雙週刊〉報導了國內成人教育的狀況，由師大成人教育研究中心出版的《成人教育月刊》等討論，所以我也瞭解到執政當局，以及大多數民眾已經感受到成人教育的重要，這確實是我們社會的福音。「十年樹木，百年樹人」，唯有從全民教育推廣，我們才能更確實而快樂的享受人生。

我個人受「成人教育」之惠很大，出國二十三年沒有停止過學習，也充分享受學習的快樂，因此也不斷在推動著「活到老，學到老」的生活態度。當時代不斷向前推進，當知識日新月異，我們唯有不斷的學習，不斷的充實自己，才能避免故步自封，老化的危險。也唯有如此，才能使我們的心靈像活泉般，清明活潑，享受多采多姿的生活。
「活到老，學到老」，這是多麼好的現代人生哲學。

一九九三、春、《中央日報》

比

中國字的「比」，是由兩把銳利的匕首「匕」所構成。因此，比，不僅會傷到自己，也會傷到別人。

父母喜歡在兄弟姐妹中比——

「看，哥哥功課比你好，你爲什麼不向哥哥學？」

「看妹妹比你乖，你怎麼不乖？」

「人家的數學考一百分，你怎麼那麼笨？」

有意無意中，這種在兒女中「比」的現象，使兄弟姐妹間的情感，產生了競爭的心理，因爲競爭，而忽略了欣賞彼此才華的機會。

姐姐數學好，說不定弟弟的音感足，音樂才能特出。哥哥功課名列前茅，妹妹也許在語言方面獨具慧根，或者在個性上善於與人相處。父母最好別用「比」的態度來劃分「好」「壞」，因爲每一個孩子都有各自的特性，每一個孩子也都希望自己是父母心中的「好」孩子，一句無心或有意的「比」，不知在孩子們的心中留下了多少陰影。

除了在自家的孩子比之外，一般父母更喜歡拿人家的孩子來比，這種「見賢思齊」的心理，在講究學術的中國家庭大爲顯明。

「你看×××，數學比賽拿了第一名，你呢？」

「×××的兒子當選總統獎，你眞要好好用功了，看看有沒有希望也去得一個獎。」

「你們一起來美國的，你看，××科學成績多棒，你怎麼……？」

能欣賞別人的成功是好的美德，但是並非一定要把自己的孩子比下去才能欣賞。也許古老的「萬般皆下品，唯有讀書高」的價值觀念仍根深柢固的存在某些人的腦海裡，那種「金榜題名時，光宗耀祖日」的心理，多少影響了許多父母的判斷力。

見賢思齊是一般人的心理，有榮譽心，有進取的精神，才會把潛能發揮出來，但是若是樣樣要與人比，事事要向別人看齊，不僅給自己太大的壓力，也忽略了自己本身的能力和才華。

喜歡比的心理，若是存在著，比來比去比不上別人的結果，因此就產生了嫉妒心理，人非聖賢，尤其是孩子們，弟弟比不上哥哥，自然嫉妬哥哥的成績，因此用話刺激哥哥。姐姐比不上妹妹，也說出妹妹「愛出風頭」、「老師偏心她」等嫉妬的言詞來氣妹妹。

嫉妒是一種毒素，擴散了之後，不僅傷害了人與人之間的情感，也是使自己心境上不平衡，對事物判斷情緒化之因。

成人社會中，也有因「比」而傷了和氣，因「比」而說出嫉妒的言詞，這種現象，不僅表現了自己的不成熟，也是一個明理的社會所應避免的現象。

朋友的孩子，得了總統獎，衷心的恭喜並祝賀這份榮譽並不難；別人得了獎，你說了讚美、恭賀的心意，對自己並無損失，也不會使自己矮人一截，差人一等。

父母的態度，直接的影響著孩子們的行爲，張家長李家短的批評，孩子們無形中也會沾染了這份惡習氣。與其背後批評，不如用討論的方式與孩子們分析事理。

兄弟姐妹間的「比」，父母若能用客觀的態度使全家人「分享」，而不是「嫉妒」，在家庭間的氣氛，會比較和諧而健康。

譬如哥哥拿了科學獎，父母的態度不是說：「哥哥比你棒，得獎了。」而應該是——

「哥哥拿了獎眞不錯，你以後科學方面的功課可以和哥哥討論。等你的習作發下來，也讓哥哥讀一讀互相鼓勵。」

不必因哥哥拿了獎，就把弟弟的表現或才能一筆勾消——「你怎麼不去得一個獎回來？」

朋友和兒女，或孩子們的同學有出色的表現，要讓孩子學會分享朋友的榮譽。你既不必怪自己的孩子沒「出息」，也不必因「比」不過別人而口出嫉妒之語——

「那些天才的人，都是被父母逼出來的。你們太懶，以後要多逼你們用功。」

「那些書獃子，只會讀書有什麼用？」

要知道，在平衡發展的美國，只是書獃子又豈能得獎？孩子若沒慧根，又豈是父母逼得出來的？不要因爲「比」，不要因爲「嫉妒」，而口出惡言，而一筆抹煞了別人應得的好評。

能夠欣賞別人的長處，才會使自己進步。

能夠分享別人的榮譽，才會使自己的人生領域拓廣，心胸開闊。

不要用「比」限制了自己，那尖銳的兩把刀，不僅傷人傷己，也不會使人長進、圓滿，當然也不會引導人走向更高的境界，何不就此把它丟棄？

一九八四、七、一、《世界日報》

增加兩性之間的瞭解

許多年前，當我在伊利諾大學選讀家庭討論課時，有一位婦運倡導者，曾受邀來校演講。當時婦運初起，我也才來美國不久，但是當她提出「新女性應該走出廚房」的論調時，我確實感到極大的震驚，也頗不能同意此種說法。記得自己當時曾提出異議，並與之討論，甚至辯論。事隔多年，年歲漸長，對新女性主義也有較深入研究，但是，我還是秉持多年前心中的一個理念：「女性想要做什麼，是她自己的決定、她應該有自己的選擇自由。如果待在廚房，是她自己的選擇，她同樣受人尊重，也自感滿足，並非一定要走出廚房才能找到自己。」

「有自由的選擇、有獨立的思考」，是我對新女性的期待，對於新女性文學，也想用這兩點原則，談談個人心中的一點感想，也許和一般所謂的新女性文學南轅北轍，但確實是我這些年來一直盤旋腦中的理想。

文學，泛指所有文字的記載；狹意而言，則專指某一特定的範圍，譬如法國文學、鄉土文學等等。中國先秦時期曾經將哲學、歷史、文學等書面著作，統稱爲文學。現代的人，也許比較著重在用語言文字，反映個人感受與社會型態，透過文字的創作、剪裁而成爲文學作品。新女性文學，在現代文學中是屬於新興的文學，自有其獨特的風格。

我們習慣稱女性作者爲「女作家」，在作家上面加上性別，恐怕只有我們獨有。常聽人批評女作家的作品，不外柴米油鹽醬醋之類的身邊瑣事，是屬於軟性的文學。這樣的批評，若未加研究比較，而只要是女作家的作品，全歸類爲「軟性」，則有欠公允，非持平之道。雖然，我不認爲軟性一定不如硬性，但是，我不喜歡以對立的態度來判斷事理，對於文學作品，也是如此，因爲，一旦對立，一旦劃分級別，套上圈圈，難免就限制了海闊天空，自由創作的快樂。

我認爲一個作品的好壞，並非是由於題材，而在於風格。我自己是寫散文的人，在散文創作上，每個人表現的風格及處理、運用文字的才情與特色，可以使同一題材而有許多不同的面貌。作者如果有足夠的學養、敏銳的悟力，即使是身邊瑣事，仍然可以有獨特的見解。

重要的是，從自己熟悉而深切的感受與經歷中，有獨立見解，而不是在不熟悉的事物中，人云亦云而已。一部成功的作品，尤其是文學創作，除了靈感與想像之外，研究與深入觀察的精神，是免不了的工作。但是，作者若是才學不夠，努力不足，就不能構成膾炙人口的作品。

不可否認的，女性在觀察事理，在生活體驗中，與男性有不同的心路歷程。男女有別，不必強調，也不能否認，不同並非就要對立，不同也未必就不好。我們從不同中互相學習，遠比從不同中，硬要把它變成相同合乎情理。就寫作而言，我不太把自己是女性這件事記在心裡，我注重以「人」的觀點來看事物，雖然，我是一個十足的女性。同樣地我也希望以此心理，對待所有的文學作品。

從文學作品中，瞭解到兩性的心中理念與社會觀點，進而相互瞭解與包容，避免用固定的眼光與尺寸來衡量文學作品，用男女兩性的性別作爲判斷的根據。

新女性文學，如果能從女性內心眞切的感受，反映出對婚姻、家庭、事業、生活，以及各行各業的描述與反映，使兩性之間的誤解消除，而瞭解加深，未嘗不是一件值得大家一起努力推展的文學，硬性也好、軟性也罷，寬廣或狹窄，見仁見智，只要不戴有色眼鏡，不先入爲主，這世界能多些包容的胸襟，才有眞正的快樂與和諧，在文學領域中，也將因爲有許多獨立的思想與看法，沒有對立的阻力，才會有豐碩的成果。

一九九二、夏、《世界日報》

成　熟

婚姻的問題好像越來越嚴重，翻開報紙、雜誌，幾乎每天都有討論的話題。走到書店，一排排的新書，少不了「如何促進兩性關係？」、「如何愛多些？」、「如何取悅對方？」、「婚姻有問題時怎麼辦？」……等等專論著作。專家學者眾說紛紜，各派各系皆有高論。讓我們這些凡夫俗子心慌意亂，無所適從。愛也不是，不愛也不是。離婚不好，合也不對，好好的人，若沒一點自我想法，眞是會昏頭轉向，越來越糊塗。

儘管天下事日新月異，變化多端，男歡女愛卻是自古已然，除非地球毀滅，否則討論婚姻、愛情的文字大概不會減少。

現代人實在太忙，許多事無暇細思。衣服穿著，由流行風尚帶領，忘了自己的風格品味。價値觀念，眾說紛紜，尤其在人與人的相處、婚姻生活、兒女管教上，簡直莫衷一是。

其實每個人的思路不同，每家的生活方式有別，別人的模式，參考聽聽不妨，若要如出一轍，依樣行事，恐難免弄巧成拙。

想起以前過鐵路平交道，總有三個大字提醒著行人「停、聽、走」。這個警語，用在生活中，也正好是我們忙碌生活中的座右銘。

不論時間多麼匆促，生活多麼忙碌，總要停下來，靜一靜、想一想、放慢了腳步，才能避免橫衝直撞的危險，尤其當有問題發生時，就好像走到了十字路口或鐵路平交道，正好停下來想一想，有時反而一通百通，因禍得福。生活中的問題用正面的態度去面對時，所得的結果就未必是負面作用，多半的時候，是有利做人處事的。但若是不思考細想，恐怕很難突破，當然問題也永遠不得解決。

聽，當然是廣納眾說。我們在平交道上東張西望，確定沒有飛馳而至的火車撞上。在生活中，也思前想後，聽聽別人的意見或專家的看法。聽，讓你感到不孤獨，人人生活中難免有問題，更有人與你有同樣的問題。但聽的結果在你。多聽多想，卻非由人帶領行走。走快走慢更非由得了別人。只有自己，才是最好的決策者，自己才能決定自己腳步的快慢、自己的方向。若是盡聽別人，盡信書本，反而忘了自己的立場，自己的判斷思考能力。如此則不如不聽，「盡信書不如無書」，由人牽著鼻子走，絕不是成熟的人之作爲，當然也解決不了問題。

走，當然是行動，不能只是停下來想，停下來東張西望，卻遲疑不前，人要往前走，事情也要有突破。人的習性中，容易坐而言，不易起而行。也因此凡事批評人容易，眞要他自己去做，恐怕又做不到了。難怪生活中，一成不變的人，懶於改變，就是因爲慣性的支使，使人畫地爲牢，把自己封鎖在原地踏步。

婚姻生活，若不思考、不細想，兩人處久了，再濃烈的愛情，也會化爲平淡。想一想問題、聽一聽別人的說法，再整理自己的腳步，做重新出發的準備，別人能給的畢竟有限，眞正能幫助自己的唯有自己。

所以快樂圓滿的婚姻，有什麼祕訣？

不是專家的宏論，也不是心理學的指導，只有兩個字——成熟。

成熟不是一蹴可幾，它必須由思考、觀察與學習中逐漸獲得。在我們的日常生活中，也許「停、聽、走」是現代生活中少不了的課題，是現代人必須修鍊的智慧。

一九九三、冬、《世界日報》

糊塗難

聰明難，糊塗難，
由聰明而轉入糊塗更難。
放一著，退一步，
當下心安，非圖後來福報也。

越來越喜歡鄭板橋的詩句。

去夏去大陸，朋友送了一枚難得糊塗的胸針，丈夫把它別在衣領上，我笑他：「你已經夠糊塗了，別上這個糊塗別針，豈不更糊塗了?」

「還是糊塗些好。」他說。

以前年紀輕，總以爲難得糊塗是聰明的時候多，糊塗的時候少，偶而糊塗一次不妨。事實上是，在年輕的歲月中，耳聰目明，意氣飛揚，又如何能領略糊塗的境界？

不久前參加一聚會，聽到年輕的朋友在批評老美的愚笨，「只要到超級市場，看他們算錢找錢的慢，眞是夠驢的了。」有人說。

「就是啊！我在減價時買了東西，後來想想不必用了，就拿去退，沒想到還賺了錢，因爲減價過了，店員用原價退給我。」面有得色。

「那有什麼稀奇，我家來了客人，氈子不夠用，我去買了三條回來，客人走了之後，再拿去退，還賺了錢呢！」多麼聰明的算盤。

飛揚興奮的神氣中，還有一位同胞自豪的向人誇耀：

「母親節時，我帶媽媽到公園烤肉，特地採了一朵玫瑰花送母親，被路人責問『你是日本人嗎？公園裡的花不要隨便採』，我趕快說：『是，是，對不起，我是日本人。』讓他們老美去以爲日本人總是愛偷採花好了。」

這是一種什麼樣的邏輯？

我想一個人的品格，一個社會的形象，不是敷衍搪塞可以應付的，太聰明了，自然會想盡方法搪塞錯誤，但是永遠不能面對自己錯誤的人，也許自認自己從不犯錯，但是也永遠不會進步啊！

聰明與糊塗，有時很難定奪，但是不容否認的是「大智若愚」的境界，是必須由自己去修鍊，去放下自作聰明才能悟得。

一九九四、夏、《自由時報》、《世界日報》

附錄

愛・生活・寫作

王維真

比起紐約、波士頓，北卡羅萊納也許只能算是一個文化小鎮，那裡只有一間書店買得到中文書。但是今年三月因爲簡宛的登高一呼，一個以書會友的中國人「書友會」熱熱鬧鬧地在北卡成立了。簡宛邀得散居美國各地的作家琦君、思果、韓秀、吳玲瑤等人與北卡的書友們共聚一堂，召開成立大會、舉行座談會，談文學、論讀書，好不熱鬧。夏天，簡宛又辦了一次書友會的座談，談論的主題並不限在書本，而是與書友息息相關的「生活保健」問題。等到楓紅的秋季，簡宛打算再辦一場「把藝術帶到家庭」的座談會，那將是讀書會，也是北卡華人的聯誼會。

簡宛與琦君、思果、韓秀、吳玲瑤等人，分居美國各州，他們的結緣一方面由於海外女作家聯誼會議、海外華文作家協會的凝聚，另一方面則由於他們都是《聯合報》系〈美國世界日報副刊〉長年筆耕的作者。是這份海外發行的中文副刊使得他們在寂寞的異國生活中，彼此更有一份聯繫情誼的話題。身在美國，以中文寫作的作家，讀者的迴響與掌聲，無疑是少得多，就是文章登出來，也不可能像在臺灣，立即獲得親友的批評。也因爲如此，在美華文作家的「親密」，往往從文章登出來即獲得來自不同州的長途電話的「報喜」，顯示出來。簡宛辦書友會，成立大會得到大家自遠方親來北卡的支持，也是在美華文作家的一種眞情表露。

今天散居在全美各地的中國人，大約源自前後三代赴美潮：一是早期的華工，習稱老僑，他們多半做過苦力、開過餐館，生命中最重要的哲學便是「省吃儉用」四字；二是六十年代以降的留學生及其第二代，當年捧著得來不易的獎學金或家產，提著碩大的皮箱留洋去，而留學生涯的苦樂大家都有切身的感受。三是八十年代的新移民，信用卡取代了大件小件的皮箱、房地產買賣經取代了洋文教科書，「做生意、賺大錢」是新僑。老僑、留學生、新僑，自然有不同的生活態度。而〈美國世界日報副刊〉正記錄這一世紀末葉中國人在美國生活的點點滴滴與心靈話語。

簡宛二十年客居異地，由留學生而妻子而母親。她曾主持簡宛文教中心，教中文，對在美的華人生活自有想法。她寫天地中的情與愛，更用散文的筆寫出一篇篇帶著關懷的生活指引，難怪她一接觸到《愛、生活與學習》一書的原著，即樂於翻譯出來，這書蟬聯書店中暢銷書排行榜首一年半餘，簡宛譯筆流暢，她說因爲這本書和她的人生理念太接近了。

世事總都平淡，若有一雙慧黠的心眼，便能見出不同。簡宛人如其書，在充滿歡笑的言談中自有一分眞性情。她自己說：

「作者如果有足夠的學養、敏銳的悟力，即使是身邊瑣事，仍然可以有獨特的見解。」

「重要的是，從自己熟悉而深切的感受與經歷中，有獨立見解，而不是在不熟悉的事物中，人云亦云而已。」

此文見報時，簡宛已結束臺北小住，回到美國去了，去經營北卡的文化中國，去點亮更多的燈。

一九九二、七、五、〈聯合副刊〉

註：作者爲〈聯合副刊〉記者。

愛心滿懷贈讀者

劉素玉

今年農曆年前特地從美國趕回臺灣歡度春節的作家簡宛，收到了兩個特別的春節禮物，那就是她的新書《愛・我你他》以及她與丈夫石家興合譯的《智慧之鑰》，都在她甫抵國門之際出爐了。

簡宛的作品豐富，內容總是充滿著對人生的熱愛、對人性的關懷，文字則一貫地平實而溫婉，二十多年來創作不輟，雖長年居住海外，但卻始終遍受海內外讀者喜愛，而且，連中國大陸也有廣大的讀者群。去年六月初，她才去天津參加了一場由她的長期擁護者爲她舉辦的「簡宛作品研討會」。

於一九七〇年出版了第一本書《葉歸何處》，描述一個移居海外的華人情懷，到今天她的作品幾乎是不可勝數了。雖然這麼多年來，一直都有讀者的愛戴與回饋，但從來沒有過參加自己的作品研討會的那種驚喜新鮮的經驗。爲期三天的研討會，她聆聽由大陸各地的學者專家對她的作品加以評論，她不但感到受益良多，也充滿許多感懷。

促成這次研討會的，主要是北京社會科學院臺灣文學組的古繼堂先生，像古繼堂這樣對簡宛作品著迷至深的讀者其實還眞不少，對於一個作家來說，這實在是至高的榮譽與快樂的來源。如果熟悉簡宛作品的人，應該不難理解何以簡宛能在她的讀者心目中保有如此高的地位，因爲二十餘年，她總是不斷地傳播愛的信念，在她的最新作品中《愛・我你他》亦如是，而《智慧之鑰》，是她翻譯自她的好友喬伊絲多年來所收集的讀書語錄，亦同樣呈現了關愛人世間一切事物的精神。

> 愛我，愛你，愛他，正是我心中始終圍繞著的三圓，這原來常被我運用的教學原理——「認知、感覺與精神動機」，驅使人自動自發去學習，也正是我生活的依藉。只有自我的認知太寂寞，只有家人和別人的圓不平衡，除了自己、又有別人，也有家庭和社會的參與，構成了三個圓，成就了豐富、充實的同心圓。

這是簡宛在她的新書《愛》中的一段序言，充分表露出她寫作此書的動機。事實上，這一段文字的精神內涵一直充塞在她其他所有的作品當中。

她的作品當中，常常探討親子、家庭、婚姻、文化調適等問題，由於她的勇氣與愛心，對於種種問題又抱著追根究底的執著態度，因此總能夠找到不少圓滿的解答，許多讀者因此對她十分欽服，特別是海外的一些華人，常受她作品中流露著豐富關愛別人的情懷而感動不已。

在現實生活中，她也是一個熱心助人的人。她做許多造福他人福利的工作，組織書友會、協助建立華文學校、參加慈濟功德會在美國的義務救助工作，與她相熟的作家思果說：「我知道簡宛關心別人的福利，她的文章裡流露出這種關心，她做好些義務工作，也鼓吹義務工作。」

簡宛的確文如其人，這應該就是一個作家對讀者的一種承諾，喜愛她的讀者能夠隨著她的文字，一起追逐人生的夢。

一九九四、二、《工商時報》

註：作者爲《工商時報》副刊主編。

活在「愛・生活與學習」裡

黃美惠

作家簡宛在上月二十四日夜裡回到臺北，下了飛機發現正是自己的生日，邁入四十六歲的首日，竟然在家鄉臺灣度過。

十六年前隨夫婿石家興到美國康乃爾大學進修以來，簡宛也曾多次回國，她清麗婉約的文章，逐漸成爲文壇可喜的一個風景。但離上次返國到現在，「簡宛」兩字更和《愛、生活與學習》這本書結合在一起，代表著千萬讀者一段愉快溫馨的閱讀經驗。

《愛、生活與學習》是教育家利奧・巴士卡力的作品，剛在美國出版不久，簡宛就買來做爲丈夫的父親節禮物。

本身也主修教育的簡宛，對巴士卡力的熱力早已熟悉。除閱讀他的作品，也聽過他在電視上對廣大人群演說，那種文字、思想、感情融入所產生的親和力，全心全意溶入演說的情景——簡單的說，那股「愛」的力量——深深感動了簡宛自己。

動筆把《愛、生活與學習》翻譯成中文，是在七十二年五月，接著石家因一家之主應聘到英國，舉家有半年的歐洲之行，《愛、生活與學習》是在威爾斯旅次中完工的。

這本充滿雋永小故事與人生啓發的小書，至今已在臺灣發行五十九版，蟬聯排行冠軍一年半，享盡近兩年國內的出版風光。但爲這本書中文版催生的簡宛卻只平淡地說，動手翻譯、介紹巴士卡力的作品，只緣於一種熟悉、共鳴的情懷。她自己也學教育，閱讀原書時已深深匯入自己的感情思想，所以譯起來得心應手；受到巴士卡力「愛」的理論所吸引，連翻譯都令簡宛覺得非常快樂。

義大利裔的巴士卡力處身西方現代社會，卻曾到東方求道兩年，回過頭來把所悟得的道理澆灌在本身文化中；相同的，簡宛從東方去到西方世界，有中國文化牢固於心，有西方思想聯繫於外，因此她說：「就東與西相融的方面而言，我與巴士卡力的世界也殊途同歸！」

此外，中國人求完美心切，容易苛求自己，產生挫折感，巴士卡力的「盡了力就好」的哲學也許能使我們對人對己不苛求——這是簡宛的親身體驗。

中國人含蓄害羞，不善表達感情。但巴士卡力說「愛是可學來的」，簡宛覺得：這又是一大鼓勵。

本名簡初惠的簡宛，當初取下這個筆名就是期待練就「溫婉簡約」的筆力，這些年也確實做到了。但她謙稱自己只是個「作者」。「作家」對她而言仍是很高、很高的境界。

但這個「作者」卻常說出「很高」的話來。比如她常說，做人不要和別人「比」，「比」字是兩把刀組成，容易傷了別人，也傷了自己。她樂意追求平易快樂，寧可平凡。就像她的溫婉文章：記載大多數人過的平常生活。

明年是簡宛和石家興結婚二十週年紀念，由於學科學的石家興也曾爲雜誌寫過好幾篇科學小品，加上簡宛的散文，由簡宛妹妹洪簡靜惠主持的「洪建全文教基金會」將爲他倆出版「兩情」文集，訴說這科學與文學兩種情懷。提起這本書，簡宛笑得好年輕。眞的已經四十六歲了嗎？她說：「我是個不太記得年齡的人！」

一九八五、十二、三、《民生報》

註：作者爲《民生報》新聞組主任。

簡宛著作

一九六九　赴美至康奈爾大學

一九七〇　《葉歸何處》（爾雅出版社）

一九七六　《奇妙紫貝殼》（洪建全出版社）（獲洪建全基金會兒童文學獎）

一九七七　《地上的雲》（舊版：洪建全出版社，新版：海飛麗出版社）

（獲中山文藝散文獎）

《魚就是魚》（洪建全出版社）

《書中日月長》（爾雅出版社）

一九八三　《愛、生活與學習》（譯作）（洪建全出版社）

（*Living, Loving, and Learning*）

一九八四　《愛與成長》（遠流出版社心理學叢書）

《簡宛隨筆》（皇冠出版社）

《欲語還休》（漢藝色研出版社）

《歐遊心影》（舊版：洪建全出版社，新版：海飛麗出版社）

一九八五　《一片葉子——生命的故事》（譯作）（洪建全出版社）

(*A Story about Life*)

一九八六　《爲妻的心路歷程》（純文學出版社）

《九路公車——熱情人生》（譯作）（洪建全出版社）

(*Bus #9 to Paradise*)

《他們只有一個童年》（遠流出版社心理叢書）

《且慢相思》（漢藝色研出版社）

一九八八　《七個聖誕故事》（譯作）（洪建全出版社）

(*Seven Stories of Christmas Love*)

《合歡》（洪建全出版社）

一九八九　《現代寓言》（譯作）（洪建全出版社）

(*The Fable*)

一九九〇　《單純之樂》（洪建全出版社）

一九九二　《這是一個小小世界》（聯經出版社）

《丁諾的回憶》（譯作）（聯經出版社）

(*Tino's Memory*)

一九九三　《與自己共舞》（一葦出版社）（獲海外華文著述獎）

一九九四　《智慧之鑰》（譯作）（漢藝色研出版社）

《愛・我你他》（洪建全出版社）

《情到深處》（三民書局）

三民叢刊書目

㉑浮生九四　・雪林回憶錄　蘇雪林著

㉒海天集　莊信正著

㉓日本式心靈　・文化與社會散論　李永熾著

㉔臺灣文學風貌　李瑞騰著

㉕千儛集　黃翰荻著

㉖作家與作品　謝冰瑩著

㉗冰瑩書信　謝冰瑩著

㉘冰瑩遊記　謝冰瑩著

㉙冰瑩憶往　謝冰瑩著

㉚冰瑩懷舊　謝冰瑩著

㉛與世界文壇對話　鄭樹森著

㉜捉狂下的興嘆　南方朔著

㉝猶記風吹水上鱗　・錢穆與現代中國學術　余英時著

㉞形象與言語　・西方現代藝術評論文集　李明明著

㉟紅學論集　潘重規著

㊱憂鬱與狂熱　孫瑋芒著

㊲黃昏過客　沙究著

㊳帶詩蹺課去　徐望雲著

㊴走出銅像國　龔鵬程著

㊵伴我半世紀的那把琴　鄧昌國著

㊶深層思考與思考深層　劉必榮著

㊷瞬間　周志文著

㊸兩岸迷宮遊戲　楊渡著

㊹德國問題與歐洲秩序　彭滂沱著

㊺文學關懷　李瑞騰著

㊻未能忘情　劉紹銘著

⑰發展路上艱難多　孫　震著
⑱胡適叢論　周質平著
⑲水與水神　王孝廉著
・中國的民俗與人文
⑳由英雄的人到人的泯滅　金恆杰著
・法國當代文學論集
㉑重商主義的窘境　賴建誠著
㉒中國文化與現代變遷　余英時著
㉓橡溪雜拾　思　果著
㉔統一後的德國　郭恆鈺主編
㉕愛廬談文學　黃永武著
㉖南十字星座　呂大明著
㉗重疊的足跡　韓　秀著
㉘書鄉長短調　黃碧端著
㉙愛情・仇恨・政治　朱立民著
・漢姆雷特專論及其他
㉚蝴蝶球傳奇　顏匯增著
㉛文化啓示錄　南方朔著
・真實與虛構
㉜日本這個國家　章　陸著
㉝在沉寂與鼎沸之間　黃碧端著
㉞民主與兩岸動向　余英時著
㉟靈魂的按摩　劉紹銘著
㊱迎向眾聲　向　陽著
・八〇年代臺灣文化情境觀察
㊲蛻變中的臺灣經濟　于宗先著
㊳從現代到當代　鄭樹森著
㊴嚴肅的遊戲　楊錦郁著
・當代文藝訪談錄
㊵甜鹹酸梅　向　明著
㊶楓　香　黃國彬著
㊷日本深層　齊　濤著

⑦③美麗的負荷

封德屏　著

本書是作者從事寫作的文字總集。有少女時代所寫，如詩如歌的雋永小品；更有以求眞存眞的態度詳實記錄而成的報導文字，對象涵蓋作家、影劇圈、藝術家等文藝工作者的訪談記錄。值得有心人一起駐足品賞。

⑦④現代文明的隱者

周陽山　著

生爲現代人，身處文明世界，又何能自隱於現代文明？本書內容包括散文、報導文學、音樂、影評、書評等，作者中西學養兼富，體驗靈敏，以悲憫之心關懷社會，以詳贍分析品評文藝，是學術研究外，結合專業知識與文學筆調的另一種嘗試。

⑦⑤煙火與噴泉

白靈　著

本書詳盡的評析了新詩的源起及演變、臺灣詩壇的今與昔，除介紹鄭愁予、葉維廉、羅青等當代名家的詩作及創作理念外，並給予初習新詩者的入門指引，值得想一探新詩領域的您細細研讀。

⑦⑥七十浮跡
·生活體驗與思考

項退結　著

本書是作者一生所思所悟與生活體驗。從青年時米蘭求學，到「哲學之遺忘」的西德八年，再到主持《現代學苑》實踐對文化與思想的關懷，最後從事教學與學術研究的漫長人生歷程。雖是略帶有自傳性質，卻也反映了一個哲學人所代表的時代徵兆。

⑺永恆的彩虹　小民　著

問世間情是何物，怎教人如此感念，環遶家園周遭的倫理親情、憶往懷舊的大陸鄉情、恒久不渝的溫馨友情……，是多麼的令人難以忘懷。本書作者以平和的語氣、平實的筆調，娓娓道出人世間的種種至情，讀來無限思情襲上心頭。

⑻情繫一環　梁錫華　著

寫作是件動腦動筆的事，使人保持身心熱切，而創造性的熱切是有助健康和留住青春的。本書作者以其悲天憫人的襟懷，寓理於文，冀望讀者會心處，除了青春、健康外，另有所得。

⑼遠山一抹　思果　著

本書是作者近二十年來有關文藝批評、中英文文學、語文、寫作研究的精心之作。作者學貫中西，探究深微，以精純的文字、獨到的見解，寫出篇篇字斟句酌、妙筆生花的佳作，令人百讀不厭。

⑽尋找希望的星空　呂大明　著

在人生的旅途中，處處是絕望的陷阱，但晚星的光芒是黎明的導航員，雨後的彩虹也會在遠方出現，絕望懸接著希望，超越絕望，希望的星空就呈現在眼前，願這本小書帶給您一片希望的星空……

⑧①領養一株雲杉

黃文範　著

有人說，散文是作家的身分證，對譯人何嘗不是如此。本書是作者治譯之餘，跑出自囿於譯室門外自遣的心血結晶，涉獵範圍廣泛，文字洗練而富感情，展現作者另一種風貌，帶給讀者一份驚喜。

⑧②浮世情懷

劉安諾　著

本書是作者以其所思、所感、所見、所聞，發而爲文的結集。作者才思敏捷，信手拈來，或詼諧、或雋永，皆屬上乘。在這匆遽忙碌的時代，不妨暫停一下，此書當能博君一粲。

⑧③天涯長青

趙淑俠　著

文藝創作者身處他鄉異國，該如何面對因文化差異所帶來的困擾？本書所描寫的，是作者旅居異域多年的感觸、收穫和挫折。其中亦有生活上的小點滴，時而凝重、時而幽默，清晰的呈現出東西文化的異同風貌，讓讀者享受一場世界文化的大河之旅。

⑧④文學札記

黃國彬　著

作者放眼不同的時空，深入淺出地探討文學的現象、趨勢，以至個別作家的風格，舉凡詩、散文、小說、文學評論等，都能道人所未道，言人所未言，把學問、識見、趣味共冶於一爐，堪稱文學評論集的佳作。

⑧⑤ 訪草（第一卷）

陳冠學 著

本書是作者於田園生活中所見所感之作，內有田園意，有家居圖，有專寫田園聲光、哲理的卷軸。喜愛大自然田園清新景象的讀者，將可從中獲得一份未曾預期的驚喜與滿足；另有一小部分有關人性與人生哲理的文字，則會句句印入您的心底。

⑧⑥ 藍色的斷想

・孤獨者隨想錄

ABC全卷

陳冠學 著

本書是作者暫離大自然和田園，帶著深沉的憂鬱面對人世之作。一路上你將有許多領略與感觸，時或有天光爆破的驚喜；但多數時候，你的心頭將披著一襲輕愁，甚或覆著一領悲情。這是悲觀哲學，卻是被熱情、關心與希望融化了的悲觀哲學。

⑧⑦ 追不回的永恆

彭歌 著

本書是《聯合報》副刊上「三三草」專欄的結集。作者以其犀利的筆鋒，對種種社會現象痛下針砭，冀望這些警世的短文，能如暮鼓晨鐘般，在這變亂紛乘的時代，起著振聾發聵的作用。

⑧⑧ 紫水晶戒指

小民 著

俗世間的珍寶，有謂璀燦的鑽石碧玉，有謂顯榮的列鼎封侯。其實生活就是人生最美的寶物，不假外求。非常喜愛紫色的小民女士，以她一貫親切、自然的文筆，輯選出這本小品，好比美麗的紫色禮物，要獻給愛好文學也愛好生活的您。

⑧⑨心路的嬉逐

劉延湘 著

本書筆調清新幽默，論理深刻而又能落實於生活踐履。走一趟作者精心安排的「心路」之旅，您將莞爾一笑，心情頓時開朗。而您也將發現，原以爲只是一條山間小路，結果卻是風景優美，鳥語花香的舒坦大道。

⑨⓪情書外一章

韓秀 著

情與愛是人類謳歌不盡的永恆主題，它爲空虛貧乏的現代生活加添了無數的色彩。本書記錄下了作者在日常生活中感受到的親情、愛情、友情及故園情，在書中點滴的情感交流裏，在這些溫馨的文字中，我們是否也能試著尋回一些早已失去的東西。

⑨①情到深處

簡宛 著

本書是作者旅美二十五年後的第二十五本結集。身爲一個教育家，作者以其溫婉親切的筆調，寫出篇篇充滿溫情的佳構，不惟感動人心，亦復激勵人性。將愛、生活與學習確實的體驗，眞正感受到人生的有情，生命也因此生意盎然。

⑨②父女對話

陳冠學 著

一位老父與五歲幼女徜徉在山林之間，山林蓊鬱，山泉甘冽，這裏自有一份孤獨的甘美。本書是記述作者父女在人世僻靜的一個角落，過著遺世獨立生活的文字畫。舉世滔滔，這應是一面明鏡，堪供讀者對照。

⑬陳冲前傳

嚴歌苓　著

在好萊塢市場，多少人一夜成名直步青雲，又有多少人一朝雲中跌落從此絕跡銀海。身爲一個中國人，陳冲是經過多少的奮鬥與波折，身爲一個聰慧多感的女子，她又是經過多少的心路激盪，才能處於這洶湧波滔中。本書將爲您娓娓道出。

⑭面壁笑人類

祖　慰　著

本書是有「怪味小說派」之稱的大陸作家祖慰，在巴黎面壁五年悟得的佳構。他的散文神遊八荒，情貫萬里，將理性的思惟和非理性的激情雜揉一起。讀其作品既能吸收大量的科普知識，又可汲取其飄逸文風的美感享受。

國立中央圖書館出版品預行編目資料

情到深處／簡宛著.--初版.--臺北市
：三民，民83
面；　公分.--（三民叢刊;91）
ISBN 957-14-2128-6（平裝）

855　　83006494

著作人　簡宛
發行人　劉振强
著作財產權人　三民書局股份有限公司
臺北市復興北路三八六號
發行所　三民書局股份有限公司
地　址／臺北市復興北路三八六號
郵　撥／〇〇〇九九九八——五號
印刷所　三民書局股份有限公司
門市部　復北店／臺北市復興北路三八六號
重南店／臺北市重慶南路一段六十一號
初　版　中華民國八十三年八月
編　號　S 85278
基本定價　叁元柒角捌分
行政院新聞局登記證局版臺業字第〇二〇〇號

ISBN 957-14-2128-6（平裝）

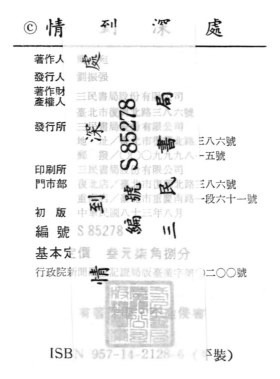